王國

仙女座高台（アンドロメダ・ハイツ）

vol. 1

吉本芭娜娜

#《王國》新版序

《王國》系列是在我以為人生幾乎走到低谷，但又不曉得為什麼總感覺此時是人生中最幸福的時刻，是在這樣的時期所寫下的作品。

如今再次重讀這一系列作品，就像故事中人物所展現出的脫離塵世般的純真，被那樣的純真給折服的同時，幸福的粉末猶如星光點點在空中閃爍著，會讓人覺得那個地方其實很不錯。

說是系列作，但整體呈現出淡淡的氛圍，「所以是什麼意思？」可能一開始閱讀時會有這種感覺，但我覺得漸漸地就會發現，這些人都隱藏在日本的某些地方，任何人都有可能經常與這些人擦肩而過。如果能讓讀者也有這種感覺的話，那就太好了。

過著談不上是戀愛的戀愛人生的雫石，在如今這個年代，像她這樣的生活方式，應該會持續增加吧。這樣的生活方式雖然辛苦，但我想應該是非常有意義的，有著只有自己才知道的強大力量。即便當時感到非常艱難，之後可能也會覺得「那時候選擇這條路真是太好了！」這樣的感覺。

我希望閱讀這本小說的過程中，可以讓那些即使表面上沒有看見任何變化，但在內心早已悄然改變生活方向的人們，得到片刻的平靜。

吉本芭娜娜

二〇二三年十月

我們在山腰興建我們的家
那地方在雲之上　在天之畔
這件辛苦的工作完成後星星就成了鄰居
我們和星星一起住在宇宙

不用鋼筋混凝土灰泥和木材
那些東西只會弄髒新家附近的品味
灰泥經過歲月侵蝕不加維護就會剝落
我們把房子蓋在愛和尊敬的地基上
房子蓋好後就叫做仙女座高台
房子蓋好後就叫做仙女座高台

我們在山腰興建我們的家

那地方在雲之上　在天之畔
我們的野心計畫是各種願望的藍圖
那些都變成現實以後　就會這樣——

谷底的居民會仰望我們的家說
「終於落成了　我們可以去住嗎」
愛挖苦的人會嘖嘖舌頭這麼說「其實
我以為只是普通的住宅
可是　這房子真的是仙女座高台
這房子真的是仙女座高台
這房子真的是仙女座高台」

我們在山腰興建我們的家

那地方在雲之上　在天之畔
這件辛苦的工作完成後星星就成了鄰居
我們和星星一起住在宇宙

我打了電話確認機位也檢查完購物清單後，眼淚終於流出來。楓就要去佛羅倫斯旅行了，至少半年內不會回來。說不定會是一年，或許更久。

我感到難過痛苦卻不能怎麼樣。因為知道難過的時間就只會停留在當下這一刻，於是我的情緒像生物般越發狂暴。

光是想到不能再坐在這張桌前，一邊用這個杯子喝茶，一邊專心聆聽楓的聲音，和我所有的思緒融合為一，我就哭了出來。完成一件好事後我的心情總是這樣，因此我告訴自己，這一定是件好事。

我把楓說的話錄音，再用心地抄寫下來，這樣我就能夠和他一起遨遊未知的世界。

他腦中那個說不出是哪裡的空間……是不冷不熱、幸也不幸、只有流動的世界。當我踏進去的瞬間，意識就脫離這個世界，感覺一切都被中和而平滑了。楓的腦袋總是非常平靜沉穩，誠實而整然有序。

或許正是那種個性把他束縛在他自己的界限裡，可是，他那種思考方式讓我感覺很愉悅。

他最棒的地方，是從來不說什麼大道理和自己的信念。偶有稍微失去冷靜或熱情洋溢的時候，也都是在述說他對人、對活的動物、植物以及對這世上所有事物的堅定的愛，以及記憶中那些難以承受的事情與美麗的事物。我抄寫下來，回到自己房間後再重覆播放錄音帶，反覆聽上幾次從而了解那些事。

就像在最下面使力盛接什麼似的，他總是為了自己以外的事物而存在。不過那個盛接的力道並不是盤子，網眼再怎麼密實，終究只是個篩子。我想正因為他知道，所以才會在這個小鎮的角落裡工作吧。篩子就是篩子的事實，永遠不會改變，在他活著的期間大概也不會進化成盤子。但他絕不放棄有一天篩子或許會進化成盤子的希望，每天都抱著一點點期待的喜悅。

一坐上老位子，我的感情立刻徘徊在回憶裡。

在這滿是古老家具、午後燦爛的陽光照進可以俯瞰遙遠市區的屋子裡，暫時不用招呼走進來的客人，領他坐到最安靜舒適的地方再幫他泡杯紅茶。這個屋子裡確實有我的容身之處。這是我專心工作時不知不覺形成的習慣。

訪問、錄音、重播、整理、訪問……這樣反覆作業後，書稿全部完成了，出版社的人等一下會來拿。到時幫他泡杯茶，端出點心，把書稿交給他，在玄關送走他……一定就是這樣吧。然後，這個階段就結束了。完全結束了。

楓幾乎沒有視力，因為午後照進室內的燦爛陽光對眼睛不好，他戴著太陽眼鏡，我想他一定察覺不到我哭了吧……就讓眼淚鼻涕盡情流下。我想如果發出聲音他就知道了。儘管我沒發出聲音，可是他那超強的直覺，一定早就發現我的悲傷已經淹沒整個房間。

「怎麼啦？雫石[1]，妳哭了？」

楓率直地問。要是平常他會稍微顧慮我的感受而假裝不知道。

1 「雫」為罕用的會意字，在中文或日文中皆被視為「滴」的異體字，發音皆為shizuku。

他坐在窗邊的老位子上，像能清楚看見似的把臉轉向我。太陽眼鏡下有對射出銳利精光的淺色眸子。

「沒有。」

我鼻音濃重堅決地說。我想這種口氣，任誰都沒有辦法懷疑吧。

「妳不會是喜歡我吧？」

他的聲音出奇地溫柔。

我覺得他的想法好奇怪，忍不住笑了起來。

「別鬧了，像你這樣的人，怎麼可能呢？」

我說。

「我早有喜歡的人了。只是你要離開這裡，我很難過。這件工作結束了，感覺好落寞。」

我說。

「我對女人的身體怎麼也沒興趣。」

他好像完全沒聽到我的答案。

「我知道啊，所以嘛！我就說究竟有誰會喜歡你？」

我說。

「只是時間的流逝讓人傷感。」

「謝謝妳，幫我把書完成了。」

他說。幾乎看不到的眼睛定定地凝視我，聲音含著溫暖。

那個感情濃厚的語調，在我感嘆時光流逝的心裡，聽起來就和道別一樣。深沉、溫柔的聲音。我要把那聲音的記憶當作寶貝，不論我到何處，當我需要力量時就想起它來。

這是我和楓之間漫長平淡、不值一提的故事的開始。比童話還幼稚，當作寓言又得不到教訓。是愚蠢的人所為、從怪異角度觀看的這個世界。

也就是說，這是個有點偏激的童話。

不過在這個故事裡，還是有一點點好的地方。

只要有人真心堅持，世界就會以不可思議的方式對他敞開胸懷。

雖然每天都沒有什麼值得一提的事情只是茫然地度過，但是生活裡還是有各式各樣的聯繫，像晨曦中晶瑩發光的蜘蛛絲般，最終會呈現出美麗的形狀來。

雖然蜘蛛網裡也可能會有乾透的蟲屍等許多乍看醜陋的東西。可是當你專心凝視時，會發現在上面的都是美麗且無可替代的東西。

我和楓，打個比喻……是像福爾摩斯和華生？御手洗和石岡？卡格爾和娜蒂亞？還是最近在居酒屋的電視裡偶爾看到的那個教授和女魔術師？這世上雖然存在很多類似我們的標準搭檔，但沒有一對完全與我們相符合。

最符合的是《X檔案》裡的穆德和史考莉。

我長久以來遠離塵囂生活，幾乎什麼都不懂，為了能和偶爾來楓這裡的外國客人對話，想要加強英語，於是租了那個影集回家拼命地看。影集裡面常常出現的特殊用語如飛碟、幽靈、殘留思念或是分身什麼的，對在楓這邊的工作很有幫助。

我真的不曉世事，我的知識非常偏頗。

但我能在楓這裡工作，也比以前學得更多、想得更多了。

不久前還在悲嘆失去的東西，現在卻發覺什麼也沒失去。

自己的身體、心和靈魂，只要擁有它們，就永遠不會有欠缺，不論在哪裡，同樣份量的東西都會好好地呈現在眼前。如果沒有那種感覺，那是自己的問題。

這麼說來，我和楓就是選擇逐一解決這世上的X檔案、並繼續攀爬永遠無解之謎的聳立高峰的人生，從而加強彼此繫絆的夥伴。我們沒有結婚也沒有性愛，只是抱著賭命的覺悟一起進入這世界的祕密裡。雖然我們的每一天和真正的《X檔案》比起來顯得很鬆散，但就是那樣。

當然也不是沒有使命感，只是沒有選擇別的人生，自然而然走到那一步，無奈之下，只好用心地度過每一天。

那種懸在半空的人生幸福很難用言語道盡。

而且，我真的還知道。

這是一個被守護的女孩的生活故事。

親人的愛情、無形的存在、生長的土地能量、對過去所得的感謝心情……我的身邊有著層層如彩虹般的愛情光環。

不論何時何處，我都在某個龐大的東西守護下生存，縱使偶然忘記這點而心生傲慢，以為自己一個人也能活下去時，還是有什麼東西包覆著我。當我感到孤獨、在悲傷考驗中躁亂慌張時，只要用心去感受，發現自己其實一直被守護著。

這個上帝眼中永遠的小女孩在被守護中凝視世界，用她的眼睛凝視著小小但一切新鮮的世界。這就是那個小小的故事。

我的名字叫雫石。

聽說是取祖父喜愛栽種的仙人掌名稱而來。

直到不久前，我還和祖母住在沒有馬路、必須從山腳下走兩個鐘頭才能到達的山間小屋裡，幫她做事。

我沒有父母，我不知道也不想知道原因。綜合各種談話顯示，祖母確實是我的親祖母沒錯。但我對祖母的過去並不清楚，只知道她結過幾次婚。祖母是個美人，人緣非常好。

祖母是製造藥草茶的名家。在外人面前我都稱這唯一的至親為「老師」。我從小就被訓練成祖母最能幹的幫手。

祖母的茶非常有名，雖然住在深山裡，客人依然絡繹不絕。祖母看起來還很年輕，說是我的母親也不為過。說不定祖母真的是我母親，或許不是。

不知道為什麼，祖母看起來總是閃耀著金色的光暈。

我沒看過祖母疲累憔悴的樣子。她總是精神奕奕，臉頰潤亮。她雖然瘦，可是常走山路的關係，肌肉結實，體態也健美。而且隨時散發著溫暖，光是在她身邊就讓人感到安心。

那些坐車沿著彎彎曲曲的道路來到山腳，再走一大段山路，好不容易抵達店裡，累得連話都說不出來的人們，喝了祖母的茶，說了一會兒話後，臉色就明亮起來了。

祖母不是醫生，既不診斷也沒治療他們，可是每個人都像做完診療似的表情安詳地回去。即使是本來急著要走的人，臨走時卻表情柔和地說：「既然來到這裡了，到山腳的溫泉住一晚吧！」那一定是祖母做的診察，祖母給的治療吧！

祖母調配的茶並沒有添加特別奇怪的成分，不知道為什麼，就是有驚人的效果。

直到現在，我都認為可能是祖母本身擁有某種治癒人們的力量。連我自己靠近祖母時，身體都會有麻麻刺刺的強烈感覺。那像是小時候身體的輕盈溫暖中塞滿使勁拉長的時間粒子的感覺。感覺眼前的模糊空間突然拉近，丹田深處湧出力量。最能寫實表現那種感覺的名詞就是「自由」。

祖母總是說她什麼都沒做。

「我只是在交談的時候得知那個人身體不好的地方，調配能把力量送進那個地方的茶而已。其實只有自己能治療自己，可是大家都忘了這一點，所以我調製能引出那個力量的茶。喝茶時，不能看書，也不能看電視，只能專心一意地喝茶，當他每次喝茶時想到那遙遠深山的老太婆可能治好自己的病，就是治癒的第一步。不過，若是神決定其壽命已盡的人另當別論。對那些人，我只能幫他們調配減緩痛苦、減少醫院用藥的副作用、也減少心靈痛苦的茶。因為喝茶，即使在住院中、在手術後，不論喝多少都不會讓人嘮叨。」

祖母的茶偶爾也會奇蹟地治好絕症，有的只是單純的健康茶。她也常要我把茶當入浴劑放進泡澡水裡。

我覺得最棒的還是不會評論喝茶者的茶本身。對半信半疑而喝下的人、對根本不知道什麼是茶也喝下去的嬰兒、甚至對貓對狗，茶都具備「有療效的時候就很有效果、沒療效的時候就單純是健康茶」的功能。

就連祖母也不知道茶的真正性能。

「誰能清楚說明這種植物治療人體傷痛的原理呢？從電視節目或書本中都沒有得到能讓我接受的理由。我只是賣茶的老太婆，不要對我有過多的期待。我不負責，責任在他們自己身上。我只是想讓難得有緣相會的人在疼痛難耐的時候舒服一點。」

那是祖母的理論。

客人來了，說出哪裡不舒服想喝什麼茶，和這些要求的沉重不成比例似的，祖母只閉上眼睛思考一下，告訴我藥草的編號，我就從幾百瓶藥草中挑出所要的材料，照祖母的吩咐調配，包裝精美地送過去。茶的內容因人而異，但都是以山白竹葉為基底，其他材料都是山中採摘的植物。有的曬得越乾效力越強，有的不在清香未失前用完不行。我就是靠著記憶這些長大的。

因此山白竹葉那苦中微甘、清澈如墨的香味，對我來說就是祖母的味道。我和祖母在一起，非常非常幸福。那種幸福不是瞬間滿溢的甜蜜，而是每一分每一秒都確實活著又都在意外的展開中漸漸流逝的樂趣。一切都在近在眼前的最佳地點結束，因此我總是有像守在戲台下的人那種心情亢奮的樂趣。

祖母特別囑咐我，把茶包裝精美非常重要，包裝不是為了販賣，而是一種儀式，是為這包茶和打開茶包喝茶的人建立應有的心理準備。要讓人和茶都了解這一點，是祖母哲學的精髓。因此年幼手拙的我包得不精美時，祖母會委婉指正並俐落地重新包好。

我和祖母大概每天早上五點起床去摘藥草。中午以前的時間都在烘焙及剁碎藥草，在特殊的湧泉和陽光中最適合提煉藥草，下午則接待來買茶的人。

我們那個寒傖的店，不論來的是什麼樣的客人，花多少時間調配的茶，一律只收兩千圓。收入並不豐。

不過有些只是想來看看祖母的人總會帶些東西來，所以我們不愁吃食。附近的獵人會送些野豬肉和兔肉給我們，河裡也很多魚可釣。春天很好過，可以採摘各種植物的嫩芽，夏天很涼爽，秋天忙著摘果，冬天雖冷但有壁爐，附近的獵人常來幫我們劈木柴。我們從來沒有生活拮据之感，生活非常豐富。

牆壁上貼著許多從日本各地寄來、寫著感謝話語的明信片和信紙，心情有點鬱悶的時候看看那些，想起寫下這些話語的人的笑臉，就能打起勁來覺得今天也要繼續努力。

祖母總是說，當自己有意去得到什麼的時候就是結束的時候。

「神想做什麼的時候，不會因為沒有言語就無法傳達祂的旨意吧？因此，像我這樣的人只是代理祂去做，不是我自己要做。所有的工作都是這樣。」

祖母對這一點意志非常堅定。雖然到處都有人要求將藥草商品化，她都堅決拒絕。那些人即使把茶買回去分析調查，也找不出任何奇怪的成分。蕺草、矮竹、山蕈、款冬、柿子、通草、蘆薈、桑椹、桃葉、葛棗等，都是一年四季到處生長的應景植物，但就是沒有人能夠用它們做出和祖母一樣的茶來。

個性慧黠的祖母一看到大公司不時送來的「家鄉奶奶製造的奇蹟藥草茶」企劃書，都咯咯咯地捧腹大笑。「好溫馨，好溫暖哦！這大自然的恩賜呀！」

祖母打從心底輕蔑那些想把神的恩賜轉換為金錢的人。她常常說，那些錢能帶去天國嗎？祖母總是說，只要是人，就必定有最差勁的人，也有最好的人。有想賺錢的人，那一定也有謙卑遵循自然神意的人，只是我還沒遇見罷了。可惜她每一次都失望。

我覺得祖母有一點極端，不過那也是她的驕傲，是她甘心為工作奉獻一輩子的思維吧。不論如何，她是不會贊成什麼土壤變質、品質降低，所以要買下這座山開闢一座大藥草園的想法。她不懂為什麼必須重新栽種本來就長在這裡的東西，那些人說是為了大量採收，可是連我都知道同一個地方大量栽植同樣的植物後，土壤就會變得貧瘠、植物也跟著稀少的道理，他們為什麼不懂呢？我覺得不可思議。

奇怪的是，在提出這種要求時，小財主比大公司還積極，讓我很訝異。那些小財主像是胃囊裡都塞滿鈔票似的渾身金燦燦，炫目刺眼，一看到我們只是相依為命的老太婆和孫女就想騙，總是隨便弄個粗糙的企劃想來搪塞我們。

「他們穿著西裝爬山路到這裡，一路上不知道有多少抱怨哩！」

「反正都有人來，哪天來的是個英俊王子般的有錢人就好囉，而且他可以完全理解這裡的生活，給我們資金援助，還會善待奶奶，我就和他結婚。」

「那種人不會想靠茶賺錢的。」

我和祖母經常這樣說笑。但我在山上的時候，王子始終沒來。

我們常常接觸到的病人都無比謙虛，在我們眼中，健康人滿腦子錢、什麼都想換算成金錢的氣息真像是個惡劣的玩笑。靠股票證券謀生的人也就罷了，不是這個行業的人一見面也拿出企劃書和計算機，真的讓人錯愕。他們病態得像已經習慣了只能用金錢交換一切的生活。他們好像都讀過「如何讓別人喜歡你」之類的書，每個人的談話和笑容中的推銷感覺都一樣。世上竟然有這樣一個種族啊！我每次敞開心靈和這個種族交流，決裂，然後各自回家，就只是這樣。

因為大自然自有分寸，山裡的生活因而祥和平穩。當一天結束後，做份簡單的晚餐兩個人吃。我們有頻道不多也很少看的電視，也可以放錄影帶看電影。祖母喜歡聽音樂，因此有台大音響。還有網路，幾乎沒有與世隔絕的不安感。

只是，在山路的某處有個空氣突然清澈透明連聲音都靜寂的地點，讓我感到不可思議。

我想，不論在哪裡都一樣。從有人的村鎮循山路而上，到了某個地點會突然感覺世界霎時變了樣。我猜這世界的任何地方，在人的世界和山的世界之間一定有道透明但清楚的界線。一旦闖入山的世界，山的規則就要取代人的規則了。是因為我們住在超過那個界線的地方，才能那樣心靜無惑地生活吧。

祖母回房間睡覺後，我收拾乾淨，悄悄走出屋外，仰望夜空。

雖然沒有熊，但有時候野豬會發出沙沙粗聲，也有狸和鼬鼠，不過我很少在夜裡見到那些生物。不走進樹林裡不會遇上蝮蛇。我在屋前劈柴的空地上，與那空無一人只有自己的世界盡情親暱。

夜有多暗多深，屋裡的燈光就讓人有多少依賴。我總覺得不可思議，同樣是白天那座山，到了夜裡就變成完全不同的世界。

這裡幾乎不下雪，但我認為下大雪的感覺一定也和夜的來臨一樣。

完全不同的東西覆蓋這個世界，不一樣的現實出現，世界的顏色瞬間變濃，原先隱藏起來的東西全都跑到黑暗中徘徊。即使每天生活在這裡，也絕對無法習慣那種變化。因為太過不同，我每天都為之驚訝，甚至是畏懼。感覺黑色也沁染到我的身體裡面。一到晚上，連想法都完全改變，帶著深沉而孤獨的色彩。

夜裡的空氣特別清澄，星星發出耀眼的光，滲透似的擴散。清冷乾淨的空氣直衝肺部，每一口呼吸都有衝激而上的鮮活感觸。

夜霧朦朧的黑暗中，山影連綿。

夜總是沒來由地帶著濕意，空氣清冽，有濃蔭的味道。樹枝泛著濕光大幅搖晃。泥土顏色冒出光澤。好一幅豐腴的夜的剪影。

這是我的山，山裡的植物、小路窄徑、動物、昆蟲、蛇鼠、野蕈等，我幾乎都知道，但它依然是個還潛藏著許多未知東西的神祕世界。

我的寂寞很快就變成渴望。

有一天，我要下山，去到那廣大的世界，尋找朋友。

兩年前我十八歲時，那個願望變成事實。

開發的怪手伸進山裡，山腳下的工程開始的那一天，一切的平衡都崩解了。應該長草的地方不再長草，藥效也像祖母說的變弱了。祖母認為，植物這種東西每一瞬間都在細膩地相互聯絡，如果山腳下的植物有了不安，傳到山上，山上的植物甚至會釋放出和不安的人發出的同樣的有毒物質。

「雫石，妳下山吧，因為我要離開日本，跟男人同居去了。」

有一天祖母這樣跟我說。

「啊？跟誰？」

我有如晴天霹靂，反問她。

「我有個六十二歲的日本網友在馬爾他島，他太太已經去世五年，邀我過去跟他一起住。」

祖母有些害羞地說。

「奶奶，妳怎麼會靠網路通信交男朋友？邂逅認識的？還是網友？」

兩、三年前，一個住在遠方的有錢客人因為腳不好，不能親自過來，為了訂購藥草茶而幫我們買了電腦，同時派人來教我們操作電腦。之後，祖母就利用電腦詳細詢問幾個不能親自過來的客人情況，再包好茶寄給他們。那時的祖母就像客人在眼前一樣專心，坐在電腦螢幕前閉目沉思，在筆記本上寫東西。時代雖然變了，人的做法還是一樣。

那是我以前不曾想像過的奇異光景，但是我好喜歡那幅景象。

到了早上，祖母和我包著小小的茶包，等郵差來。

祖母的書桌在廚房邊，就像醫生診察室的桌子。祖母坐在桌前時背伸得好直，看起來像一條大路連接著這世上最美麗和最野蠻的事物。窗邊小燈照著她的臉，恬靜得有如佛像。

難道祖母在那種生活中透過桌上的電腦交換情書嗎？

「……我知道妳是有幾個那樣的男性朋友，可是……」

我驚訝地說，祖母微笑地回答說：

「是啊，我們是在園藝網站上認識的，彼此很投緣，也互相需要似的，身為女人，我也想再度花開燦爛。他在那邊經營英語會話學校，種了很多奇怪的植物，需要我的幫忙。我是想帶妳一起去……」

「我去是可以，但不會干擾你們嗎？我看妳還是先去住個幾年，如果習慣了，要和那男的長久下去時，我會去玩幾趟的。」

「妳夏天可以來學英語會話啊。」

「可是我想一個人生活，而且還不知道以後怎麼辦，我還是想賣茶……」

「我已經將我懂的都教給妳了。可是山裡的狀況變了，湧泉的水質也變了，怎麼看這裡都不再像過去那樣能做出好結果。我到那邊還是會繼續研究。妳可以種些蕺草、艾蒿這些易懂易摘的藥草暫時過活。」

我說。

「破壞山林的人真可恨！害我們的生活結束了，雖然我們什麼也沒做。」

山給了人類一切，可是人類卻不謙虛接受。

如果沒有了植物，人們就吃不到最愛的肉了，也照射不到陽光，也就沒有氧氣了。謙卑地說「請給我一點」的時代早已過去，現在的人都像不客氣一再添飯、厚顏無恥的食客。

在山裡，再微小的東西都帶有某種作用，藉著非常複雜的結構來互補營生。人們看到這些，用言語萬般形容，都止於趣味程度。唯有感動和畏懼才會讓自己打從心底感到謙虛。

我盡量不留下自己的影子而悄然行動，即使那是我釋放精力的路線。即使如此，山上的空氣如此敏銳，就像蛞蝓爬過的地方會發亮一般，我的痕跡還是留了下來。

因此，我不把植物擬人化，只是認定別的生物都在那裡而已。

只要攔住河流做些小小的改變，山裡就會發生致命的變化。要等這座山再度恢復穩定，大概要好幾十年吧！

就像戀愛和治病，不花費一定的時間順其自然下去，絕對無法在該定下來的地方穩定下來。只有人類總是想簡化過程，操之過急。為了慾望。因此，我想不論是哪個宗教，首先就要從消除慾望著手。

我們不能要求木柴快點乾燥，要求蜜蜂馬上飛到築巢的地方釀蜜。嚴格說來，其實可以做到，但是需要精力，也需要時間。

偶爾來拜訪祖母的人裡面，總有明知祖母不是醫生卻要求一夜奇蹟的人，期待經過高明的治療後明天就能恢復健康，還說願意付出任何代價。也有的人嘴上說想長壽卻又嚷著「今晚不回去就趕不上明天工作」的矛盾話語。

破壞山林的人感覺都類似這樣。

他們沒有系統地仔細思考未來後就採取行動，腦筋不就是比蜜蜂還差嗎？我想到就生氣。

一定是他們在底下的種種便宜行事到了山上後就漸漸膨脹的錯誤，因為大家心裡想著「不要破壞山啊」，結果卻只留下山的外殼，山的生命卻完全耗滅了。

我看電視，外國好像沒有這種莫名其妙的折衷方案。祖母已經厭倦這樣的日本，想住到大自然仍多的地方，我猜她是不願再多想這方面的事情了。

祖母說：

「一成不變的生活很沒意思。」

我有些感動。當我做了祖母後也能那樣說嗎，我很想也那樣說。祖母估量那句話沉沉沁入我身體後繼續說：

「總有一天，具有重大意義的好日子一定會來。有人的地方，就必定有最差勁的人，也有最好的人。不要把精力浪費在憎恨上，妳要繼續找尋最好的人，要順其自然而謙虛。珍惜這座山教給妳的東西，隨時幫助別人。憎恨會傷害到妳自己的細胞。」

雖然是祖母平常說的話，但那時我真的好感動。我勉強能了解她的意思。以恨還恨必墜入憎恨的深淵，永遠都不會遇到與自己同頻、抱持著同樣心情在生活的朋友。

於是，我們下山。

我數度回頭道謝，含淚離開我的故鄉。

最後到了河邊，我做個深呼吸。我永遠不會忘記，那隨時能見到的蟲子、隨著季節來訪的鳥兒、我坐過的樹幹、還有泥土的味道。坡路半途源源湧出的清淨水味。濕漉漉的蕨類和青苔在陽光下發光而鬆軟的感覺。

這個緣分將永遠存在。

想到刻印在我和祖母共同生活中的一切，就覺得我會成為楓的助理，說是必然，更像是宿命。

一切都那麼奇妙地契合。祖母和楓都為了救人而奉獻自己的人生，那是透過救助個人、在人類整體的極限上添加某個無形事物的嘗試。我處在協助他們、觀察他們的位置上，並因此感到生存的價值。

沒錯，人人都想變成刻印在自己身上的東西。

一年前，我還沒成為楓的助理前，我什麼也不是，只是花時間在習慣環境。我到中藥店當櫃檯，以為學了有用。我雖然覺得中藥博大精深，可是我不想走這條路。因為藥材都是進口品，多半需要加熱加壓，我常做到一半就沒力氣了。而且中藥裡面也有一些我認為不適合日本人體質的東西，我想一定會有可以完全解決這些問題的高手，可是我到不了那個境界。

最重要的是，在我的身體習慣都市以前，我還需要一番奮戰。

身在大自然少、陌生人多的地方，頭疼不斷地襲擊著我。

我用祖母的茶慢慢調整身體，漸漸習慣沒有樹木和泥土的生活。在都市中生活，有很多輕鬆方便的地方，但當白天移轉到夜晚之際，我真的很驚訝，人是那麼害怕夜晚打敗自己，添增這麼多人工照明，試圖以念力去模糊那急遽的變化。

恐懼確實減少了，但在人的心裡，似乎又孕育出與恐懼等量的幽暗。

我住的公寓是鋼筋建造的四樓建築，我的房間在一樓。有個小小的院子，為了和祖母心意相通，我在那裡種上各式各樣的仙人掌。

實際上，日常這東西不必然是幸福的。雖然不習慣的生活細節讓我焦慮，凡事都不如預期般順利，但我還是感覺到幸福。

散發甘香氣味的仙人掌花總是招引蟲子，我不喜歡殺蟲劑，只好用手揮趕、用筷子夾走、撒些中藥或是換個花盆。望著準備換盆而並排晾乾根部的小小仙人掌，那可愛又堅強的樣子讓我好感動，祈禱它們能牢牢生根長大的心情，讓自己感覺重生了一般。像是突然蒙受恩寵般，潔淨的雲以輝彩填滿天空，一杯冷水過喉，消除所有的疲勞，那不知是種籽混在土裡還是天外飛來突然綻開的一朵蒲公英冒著金光在風中搖曳，更是百看不厭。下山以後，我還能和這些事物保持心靈相通，而且比我想像的還要頻繁，使我的日常生活充滿和過去一樣的至福感覺。

我在山上的時候就無法和人好好相處。我完全不懂人際交往的距離，唯一常伴的祖母也相當寡言，我們遠離人群而居，我想這種生活方式的影響是原因之一。我的眼睛總是看得太透澈，直到對方想要隱藏起來為止。

他們搬到隔壁房間時，我感到非常不舒服。那種有如快下雨前氣壓逐漸下降腦袋悶悶的黏糊交纏感覺，就像一塊濕布般覆蓋住我。一種毫無來由的憎惡預感。我感覺即將發生不好的事。

那不是神經過敏，任誰看到他們，都不會有好感吧！

去楓那裡工作前，我腦子裡都是這個煩惱。

隔壁房間變成空屋才一個月，搬家卡車便匆匆開來。來打招呼的是個寒酸的歐巴桑。

她其實沒多大年紀，只是看起來很蒼老。笑時嘴角扭曲，露出骯髒的牙齒。她解釋她躬著身子的理由，說剛動完胃部手術……然後把裝在塑膠袋裡的鮮黃色毛巾遞給我。

我是不想說，但是心靈污穢的人的東西，即使表面乾淨但看起來不潔的情形也常有，我總覺得毛巾摸起來黏黏的。

我茫然接下。她有某種讓人恍惚的本事。感覺不能直直盯著她看，否則心神會兀自隨她而去。

她說和兒子兩個人住，可是後來看到那個她說是兒子的人，任誰見了都不認為是她兒子。是年輕的情人還是她養的小白臉？我從沒見過那樣低俗的男人。眼神下流，很像那種會偷內褲的人。

他的低俗就像堆積垃圾的臭水溝一樣讓我受不了，總覺得聞到臭味。那是古龍水、體臭和酒臭混雜發酵出來的味道。經過他走過的地方都感到噁心，所以我都避著他。

而且他的體臭中還摻雜著淡淡的化學藥品特有的味道，我猜一定是興奮劑什麼的。我想這也可能是導致他們那種有違常理的爭吵原因吧。

我仔細思考自己所受的教育，我的思想裡應該沒有歧視意識。

我在山上時，看過更嚴重的病人，像是半邊臉溶掉的人、身體古怪扭曲的人、非常矮小的人，都來過很多。可是我對這些人，雖然起初會感到驚訝，但很快就會習慣。他們的家人都已習慣，本人也習慣了，所以驚訝並不會持續很久。

可是現在的情況不同，我對他們就是有著毫無來由的不愉快感，或許因為他們是都市的特有人種。

他們並沒有特別異常的外觀，我雖然不清楚，但也不認為他們做的是什麼特別奇怪的職業。在同一棟建築裡，有做特種營業的年輕女孩，也有酒廊的酒保。大家都討厭那一對。大家碰面交談時都說，看到他們時心情就是不由得一暗，大家都表達了同樣的感受。

想到大家都有同樣的感受，我就感到安心。光是知道不是只有我有這無法形容的不愉快感覺，我就感到很有力量。大概大家都被臭味薰得受不了。他們走過後都忍不住想說「怎麼這麼臭！」

我連院子都很少出去。只要打開一點點窗戶，他們的味道就飄進來，而且會聽到非常激烈的言語爭執。正好快要冬天了，花草樹木有最小限度的照顧就夠了。我每天都想著搬家。來自隔壁的奇妙壓迫感是那麼難以承受，可是我又很想春天來時整天坐在院子裡盡情觀賞我的植物，那是我在都市裡保持健康的方法。

那天，我在附近的居酒屋邊看電視，邊像平常一樣嘀咕著「想搬家」。

「老闆娘，要怎麼做才能快點存錢呢？有什麼好的工作嗎？」

我說。老闆夫婦常常算我便宜，人好得無法想像。上門的客人也多是感覺不錯的人。偶爾有人糾纏獨自喝酒的我時，他們會像父母般出面保護我。

我總是在想，啊！如果父親母親都在的話，或許就是這種感覺。老闆那容易得意忘形的態度和厚實有力的肩膀，老闆娘那埋怨卻溫暖的語氣。不論發生什麼事，只要在他們呵護下就非常溫暖。他們比祖母年輕，常常出錯，卻真實親切而有氣魄。讓我一直錯覺只要和他們待在一起，就能忘掉一些這世界的寒冷。

那有點類似我住在山裡時對山的感覺，一種被完全包覆呵護的感覺。

我偶爾會嫉妒他們家的兒子揹著書包說「我回來囉」的樣子。我羨慕他那樣自在地當這個家的孩子，還能和父親母親一起生活。

「對了，我認識一個和妳一樣奇怪的人，住在郊外，是個占卜師。他眼睛不太好，聽說他在找助理。他是個好男人，雖然很多女孩去應徵，但是面試很嚴格，目前都沒有人被錄取。」

我聽到這句話時，心想「就是這個了」。我急躁得差點捏碎手中的酒杯。心想「不快點去不行」。那一瞬間，我完全忘掉想搬家和賺錢的事情。

「我去看看，那地方在哪裡？」我說。

「雫石現在一聽到好男人就來勁哩。」

老闆娘憐愛地看著我說。

「欸，那是能跟單身女孩說的話嗎？」

老闆訓斥老闆娘。

他們特地打電話問鄰居，告訴我那個占卜師的聯絡電話。

聽說這鎮上的人一有煩惱就去找他，因為不是每個人都樂於述說去過的經驗，於是這成了公開的祕密，總之很準就是。

我津津有味吃著竹筴魚定食附贈的燙青菜，暗自興奮「哼、哼、終於找到了！」

我聽說楓有一種超能力，只要握著當事人的隨身物品就能說中許多事情。

我無論如何都要去面試。我打了那個電話號碼，接聽的男人語調客氣但冷淡，請我明天三點過去。我提到藥草茶，他說那就帶來看看。

非常冷靜而俐落的語氣，我卻感到微微的暖意。纖細晶瑩的感觸留在耳中。我想，這個人一定不是騙子。

我尋訪他告訴我的地址。那裡以前一定是條河。沿著狹窄彎曲的小路一直走到底，是一棟老房子。綠藤攀牆，斑駁的牆壁下有點陰暗。

不過，院子裡的植物生意盎然，枝葉盡情伸展尋求光亮。裡面也有可做藥草的東西，我一一仔細研究，從大門到玄關走了好久。

門鈴壞了，我敲敲門，低沉的聲音說了請進，那是我第一次見到他。

我心跳得好厲害。

房間裡洋溢著孤獨、清爽、甘甜的茉莉香。

我用視線追尋香味，看見客廳窗邊有一盆漂亮的茉莉花。花朵沒開，依然發出香氣。看到植物、聞到味道，就能了解屋子裡的人。我感到安心，心跳也跟著平靜下來。

他戴著太陽眼鏡走出來。

「對不起，我眼睛不太好，天生視力就弱。不是完全看不見，生活上也沒有不自由，只是看到光會覺得刺眼，晚上出門有點麻煩。」

他的腳步很穩。他不是我期待的那種男人，也不是我喜歡的類型，但是細長的臉上蘊藏著神經質的智慧光彩。

他的發音有點黏膩感，但是一個字一個字卻很清楚。他說話時有種奇妙的迴聲，讓人感到安心。

他清楚地存在於當下這個時間裡，證據就是我能感覺到從他的聲音裡傳出的迴響。

認識他以後，他幾乎沒有心不在焉過，當他在想別的事情時就會老實承認。我覺得他是個認真面對眼前事物的人。

「初次見面，你好。」我說。

「請給我一個妳隨身的東西，如果想看和某個人合不合得來，需要那個人的東西，我在電話上說了吧？」

「不，我是來面試，不是來占卜的。」

我愕然地說。

「啊，抱歉，對哦，妳是來面試的。因為現在沒有助理，都是我一個人做，很多事情搞得亂七八糟，把妳和下一位客人搞混了。」

楓不好意思地說。

這段話反而更燃起我心中「一定要在這裡幫他」的慾望。

「不過，如果不介意的話，請讓我看一下。」

他說。太陽眼鏡下的眼睛銳利，完全不見笑意。我緊張地點頭說「是」，遞出祖母給我、一直戴在身上的戒指。

「我看見仙人掌。」

他握住戒指凝視一會兒說，我心下一驚。

「我想到仙人掌魔女和她的徒弟這些字眼。」

我的確認為祖母是某種魔女，而我是魔女的徒弟。

「這是妳的親人給妳的東西，那位婆婆還活著。」

我點點頭。太好了！至少祖母真的和我血脈相連。

「對，她活得很積極，可能活得比我更久。」

「婆婆的性格太強，常常忽略了妳。我很清楚婆婆的遭遇。她以前做了許多事，為了贖罪而服務大眾。她的罪都已經淨化了。她具有治癒別人的能力。她強過男人，結過幾次婚。在和妳生活以前的那段婚姻維持最久，因為那位爺爺死了，現在又和不同的人在一起。婆婆……最喜歡植物，現在尤其喜歡仙人掌。她在氣候炎熱但乾燥的外國島嶼上。妳對靈魂和神祕的事物感興趣，完全和仙人掌有關。而且，仙人掌很喜歡妳。仙人掌已經挑選了妳。婆婆特別挑選仙人掌，也是因為仙人掌想接近妳。」

仙人掌很喜歡妳。一般人聽到這種話時，都會噗哧發笑吧，我卻心領神會，而且為那親切話語的迴聲含淚。想到仙人掌喜歡我，那種像是和祖母同住時的安心感便包圍著我。感覺她就在我身邊。以前我和祖母在言語上不是那麼契合，現在拜他通譯之賜，讓我們能夠了解彼此的心情。

「讓我摸一下妳自己的東西，什麼都可以。」

我翻找皮包，低頭時一滴淚落入皮包裡。

我處在不可思議的精神狀態裡。我常在書上看到有人描寫自己遇到可以皈依的導師時就是這種感受，很多人都說這就是他們走進信仰的契機。

我每次看到時都在想，「傻瓜，那一定是某種催眠術啦！」然而一旦發生在自己身上，卻是一種無法應付的龐大情緒。那一湧而上的依戀、難過，還有想回去的心情。全身的細胞都在震顫，只有這個人常在的世界才是我尋求的世界！陽光燦爛的仲夏午後，涼意卻像穿透陽光的清淨海浪般不停地湧上來。楓繼續說：

「妳在山裡生活。妳總是仰望天空。妳嚮往的一切都在那裡。妳唯一的療癒是晚上在寒冷的屋外仰望星星。山上的精靈到現在還愛著妳。妳對山裡的生物非常好。牠們惡作劇害妳生病時妳也不恨牠們。妳現在正處在以前的生活和新生活的夾縫中。妳很怪，多情卻討厭人。妳做和植物有關的治療工作吧！妳身體很好，直覺敏銳，是瞬間就忘掉討厭事物的樂天性格。妳適合支持別人，妳也是魔術師。妳的嗅覺特別靈敏，而且妳可以看到事物的真相。通常人們都可以感受到和眼睛所見不同的真相，但是妳的眼睛和鼻子都可以看到、聞到那些事物的真正形貌。」

楓接著說。那是命運的瞬間。

「我信賴妳，請到我這裡工作，當我的助理，為需要的人處方植物或仙人掌茶。報酬方面我們再細談。我有個贊助人，他負責全部的會計出納，體制決定後就定薪水。如果需要預借薪水，請說無妨，我相信妳。」

「很奇怪的面試哩。」

我歡喜地說。

「要收費嗎？」

楓笑了。

「開玩笑，可以的話，請我喝妳的茶吧，感覺很好喝。」

「沒問題，我去泡，這是配合老師你選的茶，能清血活氣，消除精神疲勞。」

我問了廚房位置，開始我的第一件工作，泡茶。楓喝過茶，很滿意，說也放些簡介在玄關吧。

我們在那一瞬間成為朋友。雖然彼此從沒說過要做朋友，但就像簽過契約般，彼此都清楚那份心意。過去遲遲遇不到，因為等得太久，差點失去了希望。如今終於遇見了，我慶幸耐心等待果然是對的。

我每週去楓那裡五天，做些收發、接電話和記帳的工作，其他的時間則幫楓的書做訪問和記錄摘要。因為來問運勢的人裡面有出版社的人，懇切希望把楓的話寫成書出版，可是書寫工作對視力微弱的楓來說非常困難，急著出書的編輯和撰稿人即使常來也未必有收穫，於是他們認為如果有個能幫忙這件事的助理，有空的時候代替編輯提問題，錄下答案再整理出來，是最好不過了。而且出書後有一陣子客人會大量增加，也需要有人幫忙，所以一切還是等助理來後再說，寫書的計畫也暫時中斷，等到我上班後才再度進行，我感到非常光榮。

在他家裡，時間的流逝方式非常不可思議。那是一種我不曾經驗過、像車輪緩轉漸漸靜止般、時間會隨時停止的流逝方式。

眼睛不好的他，動作非常緩慢慎重而精練。只有在屋裡，他像看得見的人那樣優雅行動。

他的人生也非常奇怪。

父親是鄉下小神社的神主，母親已經過世，聽說生前也是占卜師。他已經過世的祖母更是有名的占卜師，在楓出身的小城，包括政治家在內的很多人都找她問過運勢。

楓天生視力就弱，五歲時突然看見形形色色的光景。

那是他握著伯父忘在家中的鑰匙串時發生的情況。他看見伯父出車禍，他告訴大家，但為時已晚，伯父重傷住院。楓哭著道歉，說是自己的錯。因為父母知道他祖母的能力非常厲害，不想讓眼睛不好的楓也走那條路，因此保留對那件事的判斷。那種曖昧的態度反而傷害了幼小的楓，楓因此非常厭惡知道車禍意外的自己，非常想不開。

有一天，看不下去的祖母把表面如常但內心相當苦惱的楓叫過去，篤定地說

「你知道有一天會這樣吧！」

楓流著淚說不知道該怎麼處理自己有時看得見有時看不見的狀況。祖母回答

說：

「你不可以認為這是自己的關係，因為只要你這樣想，就會以為自己的猜測都會成真，一旦心裡有了這個念頭，謙虛必定反成傲慢。要像自然傳達某個崇高的存在授予自己的訊息般，抹消自己，自然而然地傳達出來。」

楓那時感覺像有一個龐然重擔落在自己肩上。他理解自己不過是介於某個龐大的力量和別人之間的訊息傳遞者。他變得即便可以看到各種事情也絕不害怕，並且想以此為生。

我紀錄著楓的談話，深深感到命運的不可思議。

境遇類似的我們因為互相需要而相遇是如此不可思議。我出生是為藉助植物的力量幫助人們，從很小的時候就做助理工作，我很清楚什麼時候該放，什麼時候該收。

楓在敬畏祖母中長大，雖然親情是一切，但其中也含有些微對莫名力量的畏懼。感覺楓的祖母比我的祖母溫和些，她們的工作型態雖然不同，但人的本質非常類似。因此我非常了解楓的性格。

這世上可能沒有其他人能夠了解這些事情了，因此楓和我都知道，我們是彼此生命中的主要人物，也是彼此生命中的第一個朋友。

我在滿天星星下夢想的那個生活要實現了。

我那個小小的願望一定到達了天上，稍稍打動了無所不在的至大力量。像呼嘯冬日寒空的冷風讓星星眨眼般，我的願望如箭一般直衝雲霄，讓祂聽到。

楓只靠口耳相傳招攬客人，因為有實力，也不愁收入。他對客人都說付費隨緣，有的贊助式客人一下子就給一百萬圓，但他也曾經只拿了一個小孩的一塊巧克力，告訴他失蹤的鸚哥下落。

那天，那個男孩來按門鈴。

我去開門時，他說：「我是問附近的人找來的，我心愛的鸚哥逃走了，能不能幫我看看在哪裡？」是即將變聲前的少年聲音。

「要預約哩，算了，進來吧，我去問楓老師看看。」

在外人面前我尊稱楓為老師，我把事情告訴楓。

楓請少年進去，完全沒當他是小孩子，示意他坐下。

「你有帶鸚哥身邊的東西來嗎？」

「我帶羽毛來了。」

少年從口袋拿出手帕，從裡面拿出一根漂亮的綠色羽毛。

楓輕輕握住羽毛，睜著眼睛像看什麼似的專心凝視天空。

「很遺憾，皮羅已經到天堂了。」

少年眼中滿是淚水，點點頭。

「牠已經不見很久了，熬不過這個冬天，因為日本的冬天很冷，而且牠是一隻大鳥，需要很多食物。」

我一直在想，並沒有人告訴楓那隻鸚哥是一隻大型鸚哥，也沒說牠的名字，更沒說牠不見已經很久了，為什麼楓看得見呢？

我見證這種瞬間好幾次了，還是覺得不可思議。對完全沒有那種能力的我來說，沒有比這更奧妙的事了。事實就穩穩當當地存在在那裡。我看到祖母的茶治好癌症患者的時候也是這樣想。有的人治不好，但有的人茶到病除。事實就存在在那裡。

「我的心舒坦了。」少年說，「皮羅恨我嗎？」

「不會，沒事的，牠只是迷路了。雖然牠也很想見你，但還是一點也沒埋怨你地升天了。」

「謝謝你。」

少年從口袋掏出一萬圓。

「不用，這些錢你存起來，哪一天再買一隻鳥吧，只是很可能又會飛走，到時就養在你房間的小窗邊吧！」

「嗯，爸媽說可以拿過年的壓歲錢買鳥，就這麼辦，就養在我的房間裡，不過我還是要付錢。」

「這樣吧，給我一樣你現在有的東西，什麼都好，筆啦、橡皮擦啦，什麼都可以。」

楓親切地說。

「那，這個吧，是爺爺送的北海道土產，我還沒吃。」

少年一邊擦眼淚，一邊從背包拿出一小塊白巧克力。上面刻著簡單的花紋。我忍住一湧而上的淚水，接過巧克力，遞給楓。

少年回去後，我問楓。窗外可以看見離去少年的背影。看到那晃著背包一步一步走著的小小背影。

「楓，平常再小的小孩你都毫不留情地收錢，為什麼這次拒絕？」

「因為我說謊，所以不能收錢。」

「你？」

「嗯。」

「什麼謊？」

「妳不能說出去哦。」

楓絕對不跟片岡先生透露客人的祕密。片岡先生也知道他這點堅持，絕不會過問。我想楓需要助理，是因為沒有人能共享祕密會感到太沉重。即使如此，楓還是難得告訴我有關客人的內容。只是，身邊沒有個需要時可以無話不談的人，做這種工作對有血有肉的人來說是很艱難。縱使不說，身邊有個人能夠分擔一點什麼，還是會感到輕鬆一些吧。

「那孩子的父母最近處得不愉快，有一次吵得很兇，父親推倒母親時，母親壓到鳥籠，把鳥壓死了。他們看到兒子傷心的模樣，也狠狠地反省一番，心想下次再養鳥時不會再讓這種事情發生，不過還是騙孩子說鳥飛走了。」

「唉！什麼嘛！」

「雖然這世上還有很多更殘酷的事，但是這種小小的哀傷，最好還是不要出現。這裡面也沒有很壞很壞的人，但就是一再發生這種事，犧牲掉最小的生命。」

「不過，那孩子以後或許會好好照顧鳥，鳥也會因此獲得幸福。」

「所以我才說謊嘛。」

「這的確不是惡意的謊言。對了，他父母感情會更壞嗎？」

「為什麼這麼問？」

「我知道你會說一切都已註定，只是覺得他是個好孩子，關心別人不是人之常情嗎？」

「嗯，我也這麼認為。雖然每一次都會傷到別人。不過，這一次沒問題，只是偶發事件。他父親工作不順所累積的鬱悶沉沉籠罩家裡而奪走鳥的生命，可是他們夫妻真心反省了，打算在那孩子生日時買鳥給他。他父親也不是殘酷地把鳥捏碎，是意外。我感到那個家庭有愛好動物的光暈，而且那孩子也不會長久留在家裡，他會自力更生。」

「太好了，因為有太多遭遇更慘的。」

「我看到那孩子的感覺，知道他們不是差勁的父母。」

「有很多遭遇更慘的人來嗎？」

「有是有，但沒多久就都不來了。不知道是我不能為他們做什麼，還是彼此無緣？總之，不是我守護範圍內的人，很快就會和我緣盡情斷，我想就是這樣吧。這世上有各種層次的問題，若想自己一個人全部攬下，那就太傲慢了。」

「看來還是像那種累積小小功德的，像是為村民釋疑解惑之類的樸實性質較適合你。那種全心全意投入、有淡淡回報光彩的工作就很好。殺人案或調查外遇這些不適合你。」

「我不做外遇調查，可是來問這種事的特別多。我倒希望有一天可以做一邊旅行一邊尋找古代財寶、發現海底神殿這類的工作。」

楓笑著說。

從人們隨身東西傳達出來的訊息，不盡然是美好的事物。謊言、祕密、心靈的幽暗。親人不合的家族沉痛、藏在親切背後的嫉妒等等。

不過，其中偶爾藏著初雪般晶瑩的人性光輝。再無聊的問命中、再普通的愛恨戲碼中，總是藏著某種非常美麗且無常的東西。從混沌黏稠的困境中找出那個東西，並堅定相信不可能沒有那個東西，就是楓的工作。

「出書以後有這種工作上門就好了。」

我說完，笑了。

楓很高興地說。

「從出土遺物中推測古代的文化和生活情況，非常有趣。雖然可以想像那些人是怎麼被消滅的，但絕不會難過，反而湧起奇妙的勇氣。以前我去龐貝古城時，片段的訊息和光景一一向我飛來，搞不清楚時間和空間了。腦袋昏沉沉的，但很有意思。看到也感覺到很多很多事物，腦袋變得怪怪的，但絲毫沒有不舒服的感覺。我想他們一定在剎那之間就被消滅了，很多東西都還栩栩如生地留下來。」

「龐貝嗎？無法想像是什麼地方哩，除了山裡，我去過的地方只有仙人掌公園吧？」

「有機會的話我帶妳去。」

「我是想去馬爾他島。」

「那裡好像也有很多遺蹟。」

「龐貝在義大利嗎？」

「對，我和片岡去拿坡里度假時順便去觀光。感覺行人馬匹隨時會從街角轉出來似的。舒暢的大街真的感覺很好，建築物後面是湛藍的天空。」

「這一帶要有那種感覺舒服的大街就好了，我好想買些麵包配著飲料，看著人們走過那樣的大街。」

「那邊的街上也有馬在跑，也有娼妓，也有麵包店和咖啡廳，非常熱鬧。天空很高，樸實的生活幸福就在那裡。那些都因為火山爆發而被永遠封閉了，也因此讓現在的我們能看到那時的生活。那樣的一個地方，讓我們能夠坦然接受將來有一天所有的人都會在時間的洪流裡會合。」

楓確實有個贊助人，他叫片岡，每年有一半的時間住在佛羅倫斯，在日本和義大利兩地當占卜師的經紀人。他在日本也不定期地開辦占卜學校，非常有錢。

片岡先生看到和義大利做生意的父親及祖父不斷找占卜師商量而成就財富，為了報恩和興趣，決定用祖父留下來的財產，在這領域落後的日本開創事業。

楓是那個學校畢業的，現在還偶爾回去擔任講師。

大概因為信念堅定而打贏了那場可怕的財產官司的關係，片岡先生是個極端乖僻的中年人。他給人的感覺不能說好，但是眼睛非常漂亮，完全沒有受到金錢的污染。收錢只是為了保護那些個性纖細難以伸展才能的占卜師，但絕對不會超收，或是實力不夠只想收錢。

光是這樣，在我眼中他已經算是好人了。

不過，直覺並不特別敏銳的他以為我只是單純喜歡楓的小女孩之一，有點吃醋，總是對我不懷好意。

這也難怪，因為全日本都有迷戀楓的人，隨時有人等著把親手做的禮物、便當、點心還有情書等交給楓。

眼睛看不見、長得還算不錯、年輕單身的超能力者，光是這些對女孩子來說就夠了。

我最討厭單戀者發出的那種腥味。那跟我在山中時所感受到的感覺一樣。那像是鐵鍊的堅硬味道彷彿將對方五花大綁。我在山上時，當自己發出那種味道的瞬間，就不想見到對方。

奇怪的是，不論我多喜歡楓，我都不會發出那樣的味道。我想念楓時發出的味道，總是和我想念祖母時的味道一樣。

儘管如此，片岡先生仍打從心底懷疑我。

我又不能跟他說：「看！這不是鐵鍊的味道，是我想念祖母時的太陽般乾爽的味道！」因此誤會一直無法解開。

片岡先生總是對我冷淡無禮，視我如無物，害我最近都很鬱悶，什麼時候才能解開誤會呢？

上班沒多久的一個早上，我去時屋子裡還一片漆黑，我打開燈洗衣服，消磨一下時間。

因為楓的房間裡好像有人，我輕輕敲門後打開，看到片岡先生和楓在同一張床上，裸身呼呼大睡。我仔細看著兩個人有點鬍鬚渣子的睡臉，理解那份安祥，只說了「唉呀」，便走出房間。

他們那安祥、健康、無處可去、只存在在那房間裡的溫暖睡眠，裹著一層閃閃的光。

只要走出這房間一步，他們就有許多敵人。從事古怪的行業、是同性戀且眼睛快看不見的楓。以解決別人煩惱收取金錢為生、人品雖然不壞但生命中許多事情難得舒暢的片岡先生。

只有這裡，是用枯葉細枝或是其他什麼做成的溫暖小窩，能讓他們回到孩子般的自我而眠。這麼想後，我感到好溫暖。

男人和男人睡在一起這種事，絲毫沒帶給我衝擊。

以前常有抱著那些煩惱的人來找祖母，祖母會告訴他們：「因為生來就是這樣，你只能接受這個事實而活下去，不必所有的人都去生孩子增加子孫，重要的是已經是這樣了，與其東想西想，不如想些不會難過的生活方式較好。」再為他們處方心靈安定減緩罪惡感的茶。我以這個沒有偏見的祖母為傲。

而且，我也有這世間所謂的不倫。

在山上時，不是沒有男孩喜歡我，可是我太過忙碌，沒有時間和他們交往。每天早上五點起床，連續工作十二個小時後，根本沒有約會的體力了。就那麼一次，我和獵人的兒子交往，但如同祖母預料的一樣，他下山去都市後沒再回來。我年輕的肉慾化解在日日的忙碌中，甚至記不得他的臉。

我陷入現在這個安靜的戀情裡，是因為情人絲毫沒有破壞那時包圍我的孤獨空氣，悄悄而溫柔地接近我。

下山後我整理好身邊種種瑣事，送祖母出國的那天，我在機場突然變成孤獨一人。

我一輩子不會忘記那時被寂寞打敗的感覺。寂寞像個石槌重重地敲打我的心窩。生平第一次，我身邊沒有可以依靠的人。沒有泥土，天空污髒，樹木也不擁抱我。以前我只要喊一聲奶奶，總是會有回應，可是從此刻起我身邊不再有人。

我感到驚愕。我不曾想像過這種情形。

各種廣播聲中，有推著行李箱的人，有殷殷話別的人，有忙著打電話的人，也有悠閒消磨時間的人。嘈雜的聲音響徹高高的天花板。在那裡，每個人都在旅行途中。每個人都在懸空品嘗人生旅程中的另一個旅程。

我看見走道角落有個馬拉巴利（Pachira）的大盆栽，我輕輕靠著它，置身在那葉子傳來的溫暖中，哭了一下下。可是淚水一直流個不停，懷念山的心情愈發濃烈，我哭了相當長的時間。因為是在機場，到處有人在道別，所以有人在哭也很自然。

接著，我看見了，馬拉巴利發出黃綠色的光包圍著我，隔離了外面充滿好奇心的視線，像搖籃般柔柔輕晃。雖然我們是初次相見，它卻是那麼親切，我感到自己正源源不斷地在充電。

不久，我像被什麼東西推動似的站起來。我向馬拉巴利道謝，走進機場裡的餐廳，吃碗溫暖的咖哩麵。胃裡裝進東西，身體暖和了，心臟也鼕鼕地跳，流出汗來。

是的，身體活著，我也會活下去。

當我的心虛弱的時候身體就強悍起來，身體虛弱時智慧就會發揮作用。現在我的心又虛又弱，因此只要一碗麵就能激勵身體努力工作。我這麼想著，好像握住別人的手似的雙手互握。

我開始沒有祖母的公寓生活。

剛開始的時候我寂寞得吃不下飯。

我沒想過一個人做飯吃是什麼情況。把鍋子放在火爐上的是自己，調味的是自己，吃的也是只有自己，做的食物也一定是自己要的味道。

這一點也不有趣。

因此，還沒遇到附近的居酒屋老闆夫妻以前，我大都只是站在冰箱前面隨便吃點什麼充飢。因為沒有運動，肌肉鬆弛，體重也劇減。

祖母每天寄來的電子郵件，只談馬爾他島的氣候和仙人掌。祖母雖然充分了解我的狀況，明知會惹我埋怨，還是不寫一兩句親切安慰的話來。只寫著她永遠是我的家人，完全不寫她真正想過的新生活的瑣事和辛苦。

我想，我們都在遠離過去的新環境中奮鬥，所以不會認為只有自己辛苦難過吧。

不過，我還是寂寞，也無事可做，我又怕跟不上她，於是更加和仙人掌交流。我到附近的公園和有很多仙人掌的店裡試著聽它們說話，除了祖母留給我的，我另外買了幾缽，放在屋子裡靜靜觀察。

偶爾有祖母的客人要我做些茶送過去，我有時候忙著用手邊的材料作茶送茶，但多半時間都能在屋裡靜靜地觀察仙人掌。仙人掌是擁有罕見的清新靈魂的精靈，當你敞開心扉，就會慢慢了解它那無盡的親切包容。它的刺不是為了刺傷周圍，如果你要求它，它會把刺縮圓。

那天，我想看看大棵的仙人掌和老的仙人掌，於是去了有名的仙人掌公園。第一次的單獨旅行讓我非常興奮。

平日午後的公園，幾乎沒有人影，猴子和放養的孔雀數目反而較多。我試著和每一隻猴子打招呼，循著平緩的斜坡，走向仙人掌溫室。

一路上看到許多不曾見過的奇怪動物，應該都是日本沒有的生物，像是袋鼠或小袋鼠。牠們的形狀奇妙，非狗非貓也非熊，再怎麼仔細看也完全不知道是哪一類型的生物。我在山裡看過形形色色的動物，沒有一個像這樣。沿著環繞矮丘的小路看著那些生物徜徉蹦跳，感覺像在夢中。

接著我又看到像是巨大老鼠的各種生物……，是水豚鼠？花背豚鼠？還是山絨鼠？圓圓的頭看起來笨笨的，那絕對不是日本的生物。我感覺像出國旅行般，一直凝視牠們完全陌生的生態。

小猴子有各種顏色，楚楚可憐，鳥類則是綠色輝映的鮮豔色彩。

一切都很稀奇，我內心興奮不已。因為只有自己一個人，我不敢去驚擾牠們，只是一步一步地繼續走。

就算這裡是人造的大自然，但是在樹多的地方，還是讓我感到安心。像被包在一大塊柔軟的布裡。因為有泥土的地方即使再小，也有生物活在其中，它們可以成為大自然綜合力量的一部分。

配合生長的分布環境，這裡分成好幾個仙人掌溫室。南美、非洲、森林性、馬達加斯加、墨西哥……，仙人掌按出身地別，在類似原生地氣候的環境裡悄然生長。在那溫暖的空氣中，看到被妥善照顧生氣蓬勃向天伸展的仙人掌，我高興得流下淚來。

那裡有很多我沒見過的仙人掌。姬將軍、初日之出、翁丸、仙女之舞、入鹿等等，各自取上配合外形的名字。

我看著仙人掌，對祖母先見之明的尊敬念頭也漸漸復甦。

我突然了解祖母要走的路了。今後不久，這世上又會發生很多和那山裡一樣殘酷的愚蠢事情吧。那些微妙種類的植物逐漸稀少，變得越來越貴重了。

因為那是趨勢，我們無能為力，因此祖母一定想找一種非日本原生、而是來自自然力量強大的土地、能夠在家中栽培的植物，運用它的力量吧。最符合這個條件的植物就是仙人掌。祖母的挑戰是以研究形式靜靜地去做，將來有一天我也會跟進吧。

溫室裡有一棵九十歲的仙人掌，像個活生生的人靜靜站在那裡。我油然生出像是站在尊敬之人面前的感動心情，靜靜凝視它幾十分鐘。

仙人掌發出微酸但展現活力和持久力的味道。

我還不是很清楚，但其他多肉植物似乎也有很多可能性，感覺蘆薈在既有的用法以外還有更多樣的用法。我也想過要和祖母討論研究，用蘆薈和馬爾他島的仙人掌製造藥用軟膏。

我感覺自己的前途豁然開朗。即使不在山上生活，也能活用我的專長。現在雖然是必須暫時在都市叢林生活的時期，但我還是能發揮自己。

我以感激不盡的心情告訴仙人掌和其他多肉植物，以後想用一點它們的體肉來治療人們。我彷彿聽到仙人掌說，如果只是一點一點地拿，當然可以，請用無妨。我想這不是讓我自己釋懷的解釋，因為我在圓的仙人掌、細長的仙人掌、平扁的仙人掌身上都感受到同樣的善意。

也有和我同名的雫石仙人掌，非常小，像一顆石頭，晶瑩發光。

不是誰幫我取這個名字的？祖父？祖母？還是我沒見過的父母？我不知道。不過那份愛強烈地傳達給我。他們看到襁褓中小小圓圓而又頑固的我，決定就取那個名字的心情中，一定洋溢著舒暢的溫馨。

我感慨無限地走出溫室，到後面的仙人掌角落挑選可以帶回家協助我的仙人掌。我繞著寬廣的角落，一棵棵充分研究後，買了許多盆，種類多到幫我換盆的歐巴桑都感動不已，然後離開。

「我還會再來！」真的，從那以後我經常來訪。

我精神抖擻，彷彿忘了仙人掌盆栽的沉重，又走進公園。孔雀帶著褐色的小孔雀搖搖晃晃地走在草坪上。不知不覺已近黃昏。陽光漸漸變成橘色，眩目地反射在綠蔭上。

我在仿造的世界古蹟間散步。知道這世界充滿我沒看過的東西，心情又浮躁起來。哪一天到各個國家走走吧，那裡會有什麼樣的生物和植物呢？

我正要轉回出口的方向，恰巧碰上塘鵝吃飯的時間。

塘鵝從四面八方一個接一個走出來，等著餵食。那是非常奇異的光景。塘鵝來來去去啪噠啪噠地踩在柏油路上。餵餌的大哥提著裝了竹筴魚的水桶一來，排成一列等著丟魚的塘鵝立刻騷動起來。我是第一次看到塘鵝，很難相信有那麼大隻的鳥。我也是第一次看到人和塘鵝那樣交流。我跟他要了一條魚來丟，塘鵝像是撲到我手上般吃掉那隻魚。我好感動，就一直看著塘鵝吃完飯又啪達啪達踩著柏油路回去。

夕陽照在遠處的假古蹟上，一片橘色中更凸顯出綠意。燃燒似的光彩籠罩著一切，氤氳出不知身在哪個國家的莊嚴氣氛。靜寂中只有鳥和猴子的響徹叫聲。我手上有魚腥味，臉頰也被陽光曬得發燙。吹過的風輕撫我映成金色的頭髮。孔雀不時搖頭擺腦一蹎一蹎地走過眼前。猴子攀著樹枝在交談。鳥兒飛過遙遠的天空回到巢裡。夕陽西沉，一天就要結束。我緊挨著仙人掌，感覺是那麼的幸福。

邂逅總是在這種無心的瞬間乍然來到，將這一輩子都不會遺忘的經典場面烙印在心裡。

「流血了。」

突然有人跟我說話，我嚇了一跳。

「啊？我嗎？」

我是坐在長椅上，這才發現眼前站著一個態度溫和、個子不高的大男孩。帶點鼻音的聲音乾乾的，像沙沙落葉般柔和。

「妳剛才餵塘鵝時不是碰到牠的嘴嗎？」

他說，我低頭一看，右手指真的有個小裂傷，滲出血來。

「這沒什麼，不要緊，謝謝你的好意。」

我微笑說。

「不過，是塘鵝的嘴巴，還是消毒一下比較好。」

說著，他也噗哧笑了。他一笑，臉龐散發出無盡的爽朗氣息。

「這不是很普通的傷口，而且妳也摸過魚，最重要的還是因為是塘鵝。」

「是啊，難得有這樣的傷口呢，被塘鵝的嘴巴啄傷。」

我說完，也笑了。

「到醫務室去吧，那裡可以消毒。」

他說。

「你是這裡的人嗎？」

「有點關係，因為我栽培多肉植物，會來這裡徵詢各種意見，順便來看看我種的仙人掌。」

「啊……」

我有些恍惚。心想，能認識那樣好的工作的人，真是幸運啊，一定是我們有緣，是仙人掌把這個人介紹給我的。他戴著黑框眼鏡，深藍色毛衣配牛仔褲。細長的眼睛露出晶亮帶點淘氣的光彩，看似動作敏捷的身材，像是喜歡植物。他還很年輕，可是左手戴著結婚戒指，讓我心裡有點疙瘩。這就是戀愛的開始嗎？我很少談戀愛，真的不知道。

「再等五分鐘好嗎？等一下再去醫務室，因為我最喜歡看夕陽西沉的風景，我現在住的地方太陽早早就被高樓大廈擋住了，好乏味啊。」

「那我就奉陪吧，因為今天只是來開會。」

他說。

他的名字叫野林真一郎。

光是呼喊這個名字，我的胸腔就溫熱起來。

我們並肩而坐，望著照在古蹟上的夕陽顏色漸漸變濃。吃著仙人掌包子配罐裝熱茶。

只是和他坐在一起，我的寂寞就像空氣般消失無蹤。他的表情和聲音帶有獨特的寧靜，那份寧靜讓他遠離旁人。他像是個太過透明的人。啊！這個人一定是仙人掌借給我的。

我常常感到不安，是否有一天必須將他歸還不可，那溫柔的聲音，那笑起來像月牙般細細溫暖的眼神，還有那形狀漂亮的指甲，鞋油耗損的舊鞋子。光是這樣想，就感到好難過好難過。

那天以後，為了要他帶我參觀，我配合他的時間去過那裡幾次。

他喜歡仙人掌甚於人類。他為我做種種說明，一點一點地述說栽培仙人掌的費心和樂趣。夏天時溫度太高、天氣太乾燥、貓會亂抓、烏鴉來啄咬、長蟲子等問題，常常讓他煩心。但也是在進口的苗種試種錯誤、被小偷翻攪得亂七八糟、意想不到的時候開出美麗的花朵等這些事情裡面，讓他感受到生存的價值。雖然大多數的人不能理解，但我就像理解楓一樣完全理解他。植物的一切必定和大自然及栽種者的精神狀態等種種因素有所關聯，如果誤解了，很容易栽種失敗。我已習慣並親近那種用心栽植的方式。

雖然他會聊天也會開懷大笑，但是他話不多，那份文靜中甚至有股透明感。

而且，他有很好的味道，是沐浴大量陽光飽含豐富濕氣的森林樹木味道。我一直想聞到的味道。

第三還是第四次見面後回家時，他開車送我，在車上果然聽到二十八歲的他說和年紀大他很多的太太分居很久了。

為什麼說果然呢？因為女人打理過的衣服必定帶有獨特的光澤和香味，可是他身上只有他自己的味道。我觀察得很清楚，雖然他總是衣著整齊，但生活中完全沒有女人的影子。

「我睡在自己的仙人掌園辦公室裡。」他說。

我說：「那今晚一起住旅館吧？」

他大吃一驚，停下車子，在國道的加油站旁。

夕陽剛剛下山，天空染成藍色，剛點亮的路燈晶瑩地點綴在山上。海面幽暗平滑如布，細浪起伏其上。

「別說這麼可怕的話，會出車禍的。」

「可是，人家很喜歡你嘛！只是想多跟你在一起一點時間，而且，我偶爾也想和別人同睡，因為老是一個人睡好寂寞哩！」

我說這句話時，會車而過的車燈光線不時照進黑暗的車子裡，我想起祖母。祖母的動作、聲音、發出的聲響和手的溫潤。我有應付不了的事情時總是把被子鋪在祖母床邊睡下。我們手牽著手睡去。黑暗中，祖母把手伸給我，我就依附那溫潤的觸感不知不覺睡著了。我想起這件事，突然湧出淚來。

一個人在不習慣的都市裡勤奮生活所累積的壓力，和著淚水漸漸流出體外。我每天和祖母互通電郵，因為郵件字面上蘊含著祖母的精神，我可以感覺到彼此相連。那和我只能和鄰居簡單寒暄的生活完全不同。

我的那種感覺可以完全傳達給能和仙人掌對話也討厭人類的真一郎。那時我祈求他的不只是陰暗的慾望之火，還有父母般的慈悲，兩者份量相同。

他下定決心似的撫摸我的肩膀說。

「妳要是覺得我好，那就好，因為不會再有像妳這樣的人了。我們就牽著手睡好嗎？早上一起吃早飯好嗎？」

他那樣子就像哄小孩似的。

「嗯，可是我不喜歡不倫，在旅館寫名字時你當我的入贅女婿好嗎？」我說。

「兩個人都叫雫石嗎？」

他會說出那樣的話，大概也非常喜歡我吧。我率直地點頭同意那在平常會覺得「多麼丟臉」的要求。

我們像老夫老妻般開始一點也不逾越本分的交往。

和真一郎在一起時的平靜，就像初相見那天的夕陽般沁染了我整個人。我們談的都是仙人掌，我的茶改善了他常常翻土換缽而受傷的腰痛。

我們總是住在同一家旅館，一起吃飯，一起高興地洗露天溫泉，一起睡覺。早上起來就去看仙人掌，和已經很熟的職員及動物打招呼。他已不在乎別人怎麼想，我們公然親密地走在街上。一起坐纜車登山，站在高處俯瞰破火山口的窪地和朦朧的街道，一邊散步一邊閒聊，吃過午飯後在火車站分手。

「過去我一直覺得很寂寞，現在有了這份感情，我可以活下去了。」

他曾經泛著淚光說。

他太太是喜歡都市的女人，非常普通。當初他太太愛上他的安靜，展開猛烈追求，十八歲的他也被她的開朗吸引而在一起，直到他對那份開朗感到累了，又恢復一個人的生活。我不太想知道他們的事，問了也沒有用，所以沒再多問。就連他有沒有孩子我都不知道。我想大概沒有吧，就是因為沒有所以才沒離婚。

當然，我還是抱著一點點希望，他會不會離婚跟我結婚？如果能夠一直到他死了才把他還給神，那該多好！

我們在虛擬的空間裡孜孜矻矻地營造我們那掛著石門牌的無形的家。走出那裡一步，魔法就會消失，因此我們必須一直待在裡面。靜靜地積存力量，絕對不能讓那生活有所改變。這樣，我們就能一直待在那裡。

那個無形的家對我們來說，是放鬆的空間，是祈禱的地方，也是展現彼此最善之處的地方。那份寧靜，比深山裡的生活更寧靜，靜到可以聽見自己耳朵震動的聲音。換個說法，那也是脆弱得只能在那裡成立的愛，撮合我們兩個的只是仙人掌。

能和仙人掌對話的不只是他，我也能聽清楚最細微的部分。仙人掌把他借給寂寞的我，等我不需要他的時候，隨時可以歸還。那是已經超出我們兩個判斷的命定情緣，難過、哀傷和感情在那裡都沒有什麼力量。

因此，我靜靜地持續那份愛，像工作般正確地疊上一片片無形的瓦。

到有那麼一天，他或者我死了，彼此不再來旅館時，我的夢才會醒來。在那以前，能夠靜靜地持續這個夢最好。我想做個腰腿結實、能夠自己走動、還會去旅館的老人。

我們抱著有一個人不能到對方的家裡時就是已經死了的心理準備，像往常一樣泡澡、吃飯、一起入睡。我想持續那像是追悼彼此的交往。

「雫石，妳好陰鬱啊！」

我述說自己的戀愛故事時，雖然想讓楓感覺那是個我陶醉其中的好故事，但他卻發自內心驚訝地這麼說。

「這不該是年輕女孩的想法哪！」

「你吃醋了？」

我調侃他，他揮揮手。

「那種像是老年人交往的話題我不奉陪。」

說著，結束了話題。

可是對我來說，這份愛真的是恰恰好的愛。那種只想像美好的事物、在有限範圍內就能達成心願的狀況很適合像我這種其實很乖僻的女人。

「什麼嘛！你明明是認為我搞上了那種裝腔作勢的壞心眼老頭子！」

我口出惡言。

「不要說他的壞話……雖然有一些麻煩，但他是個很好的人，妳還不知道。人要是太好，遇到很多事情就會更加疼痛，門也只會變窄。以後，妳會透過那個痛明白他的好。我看到他的門裡是個樂園，花朵盛開，天氣晴朗，吹著舒服的風，四周空氣清新，一切都純潔輕柔地讓人要掉下淚來。」

楓說。

我難過地想，那樣讚美別人的你才是好人啊！

如果楓那麼說，大概真的是那樣吧。我打從心底這麼想。這就是信賴的單純形貌吧！不是狂熱的盲信，因為是我綜合親眼所見親耳聽到的事物，我相信楓說的話。

「既然你這麼說，大概真的是這樣吧。」

我說。

「可是我不是和老人交往。」

「聽著，他不是妳真正的父母，也不能扮演妳的父母或其他人，因為那樣就不是戀愛了。」

楓的眼神像看著可憐的東西，那小小的善意感動了我，可是我有話要說。

「我沒有父母，這樣不是很好嗎？我覺得向外尋求父母的心態可以某種程度地被諒解。」

「那也是。」

楓理解了，我們的談話結束。我們的交談總是在彼此了解中結束，這就是真正的朋友吧。

把書稿交給編輯的那天晚上，在楓的家裡開慰勞餐會。

提議的是片岡先生，他要請我吃飯，真是難得。平常我幫楓做菜，他光是偷吃就很滿足，因此楓希望我準備晚餐時，我總是做完菜就走。即使是助理，和情侶同桌晚餐，還是很尷尬。可是那天片岡先生說要慰勞我，要我務必留下來共進晚餐。

我對楓的家的廚房多少有點愛意。

楓回國後還想讓我加入工作小組吧？在那之前，我可以去居酒屋打工，或是討點剩飯吃就行了。我滿懷希望。如果楓打算久居國外，我就存夠旅費，跟著去作助理。即使這樣，我和真一郎那非常純樸的戀愛一定還會純純地繼續下去。

總之，對我來說，楓是公司，楓是上司，楓是我的工作。跟著楓去吧，這麼決定後我非常高興。

但是想到我這麼決定後片岡先生會怎麼抱怨，又有點惶恐。

那天晚上我心情很好，買了食材做西班牙海鮮飯。

我要做海鮮和雞肉兩種口味，剝蝦殼、切芹菜、剁蒜泥、嚐橄欖油，要做的事情太多，因此片岡先生來時趕不及去玄關接他。

「妳不是主婦，是傭人吧？為什麼要我等？」

當頭被這麼說，感覺很壞，我也生氣了。

「我不是傭人，是助理。」

我很客氣地回答。

真不相信也是這個人說務必要和我一起晚餐的。我知道，如果是以別的方式和片岡先生相處，例如他是來買茶的客人，他絕對不是壞人。只是他對楓抱著致命性的激情，用那再也不許任何人靠近的熱情愛著楓。

「而且您也有鑰匙，可以直接進來，不需要在玄關等。」

我接著說。

「可是，萬一妳和楓在接吻呢？我偏不要。」

片岡先生認真地說。

「絕對沒有這種事，請您不要懷疑。」

我鎮定地說。

「妳啊，雖然擺出不是女人的樣子，可是渾身上下就是女人！我清楚得很。好臭、好臭、啊！女人臭！」

我不知道是因為互相受到影響，還是物以類聚，片岡先生也有楓那種偶爾不懷好意的尖酸語氣。

我儘量保持風度及平和的心情，他穿著設計簡單的喀什米爾毛衣，我接過他那也是喀什米爾的大衣，領他走進客廳，端出已經冰透的餐前香檳，小碟子裡裝著油浸嫩橄欖，讓他坐在皮沙發上享用。這是我感謝他邀請晚餐而投其所好的完美安排。

可是他的嘴裡不斷冒出不符合這個情景的咒罵字眼。

「我會覺得你這樣很好笑，是因為我剛下山不久，明年我就真的生氣囉。」

我說。

「哼！臭女人！只會討好楓。」

我好感慨，這個人竟然是培養命理人才的學校校長啊！

那天晚上，我留在那裡收拾。因為第二天一早有幾個客人要來，過去也因為這樣而留宿過。和楓的臥室隔著兩個房間，是個小客房，我留宿時就睡在那裡。

住在楓那裡的時候我總是亢奮不已。

我小時候沒有同年齡的朋友，如果有的話，我住在她家時一定也是這樣的心情吧。聽音樂到深夜，天南地北地閒聊，有時候沉默相對，喝喝茶，或是燙熱晚餐時剩下的葡萄酒，加入蜂蜜和丁香喝下溫暖身體，或是泡完澡後吃點零嘴……，除了祖母以外，到現在還沒有人能跟我一起做這些事。

在居酒屋和老闆夫婦聊天是很溫暖，可是他們談的電視節目和街坊八卦，我幾乎都不知道，也沒有興趣，只是像泡溫泉般沉浸在那種歡樂的氣氛裡。但是楓不一樣，和楓在一起，可以想起和祖母一起生活時的快樂心情。

好多星星在頭上，感覺夜晚永遠不會結束的那種心情復甦，有快樂能量不斷從我的毛孔釋放出來的酥癢感覺。

但是片岡先生在時就不同了，他像要忘記家裡有個干擾者似的幾乎無視我的存在。

午夜過後，我燒水要泡睡前的甘橘茶時，聽到片岡先生的大嗓門，他們的房門好像開著。

「幹嘛讓那女孩住在家裡，不是很不方便嗎？」他吼著。

或許是想讓我聽到，我猶豫著要不要端茶給他們。

午夜一點鐘的時候。

那句話像子彈般銳利，一字不漏地傳進我耳朵。

「怎麼會？這是我的家啊。」

楓平靜地說。他的聲音不大，可是我也聽得很清楚。這是愛的力量吧！就像再小的聲音也不會聽漏般，我幫他抄記書稿時，總是傾耳靜聽他聲音的節奏。

我輕輕站起來，耳朵貼著牆壁。我為自己那慘澹的模樣差點流淚。難道真的像片岡先生說的，我其實想和楓睡覺？一起生活？想結婚？想生下楓的孩子？

我數度捫心自問，答案總是否定。我只是想永遠待在他能量到達的空間裡，發揮我多年以來學會的助理技術幫助別人，就只是這樣。我雖然愛楓，但那和愛真一郎不同。不是我對真一郎的那種切實地只要活著就好感動的心情。如果有了真一郎的孩子，我會歡喜地生下來。我會帶去給祖母看，帶著孩子工作。只要孩子有一點點像他，我就高興得不得了。

我完全沒有楓和我會那樣的念頭。

楓是我永遠的兄弟，是朋友，也是老師，楓是我命運的一部分。

可是片岡先生一來，楓的關心全都流向他。或許有一天，楓真的會離開日本和片岡先生同居，那樣我就很難再見到楓了。

為什麼片岡先生會討厭我，大概在他看來，我就是那種迷戀英俊老師、充滿性慾的偽善處女的可厭女人。

我想說我不是，可是我沒有任何證據，證據只在我的心裡。

多年以後他才了解也好，只是我現在還沒有下定那樣的決心，決心進入在性方面和生活方面完全遠離普通人的生活，卑鄙地侵入其中一個人不喜歡我的那對情侶之間。

「她只是想要你，真是悶得住！難道你也有意？想不到！」

片岡說。

啊！真想捂住那張嘴！我緊咬雙唇。

對我來說，片岡先生說的那些話都無所謂，因為我喜歡楓，和他在一起，每一天都很快樂，我想在他身邊看著他。就是一天一次也好，我想看他的笑臉，想讓他依賴。或許那種心情讓我獨立光彩的人生確實屬於完全不同的層次。我的第一個朋友，第一個夥伴。我確實很執著於這份喜悅，高興得就是傾注自己的一切也無所謂。

有一天我也會獨立，在某個遙遠的南方島嶼，望著美麗的景色，猛然想起，那段時期我好喜歡楓啊！而我的生活也幸福得可以永遠和真一郎攜手共賞悠閒的風景……。

光是描繪那樣的光景，我就高興得喘不過氣。就是這樣的幸福。那些人和仙人掌及工作都一樣，變成我幸福人生不可或缺的一部分，閃耀著光彩，無法替代和更換。

「我喜歡她，有骨氣，個性合得來，腦筋也好，和她在一起很快樂，她是一個清純的人。」

「你以為有個喜歡你的女人在旁邊我會好過？」

「我知道，她確實喜歡我。」

「你知道還要這樣？」

聽到這裡，我真想大吼，夠了吧！我不是真的喜歡你，真是自我意識過剩！他們兩個簡直像十來歲的女孩般說著浪漫的話語，但我完全沒有那份情緒。為什麼男孩子不管年紀再大還是那樣純情呢？

「我們在一起可以找回彼此的活力，我甚至想，和她睡睡也無妨。可是那樣做的話，這個快樂的時間就會結束。這種知道彼此喜歡但沒有肉體反應、像孩提時代暑假永遠持續的感覺也會消失。」

「反正總有一天會以某種形式結束的。」

「所以，就維持現狀，讓它自然而然地結束，不是很好嗎？你是在教唆我嗎？想教唆我和她在一起，真是下流的想法！能不能不要用那種事來確定愛情？」

「在我看來你們只是壓抑想做愛心情的兩個偽君子。」

「不對，雖然只是一點點不同，但還是不對。我和她之間是更好的一種感覺，像雲、像夕陽、像小孩子。」

「是嗎？你累了，一直那樣過著大人般的生活。即使我這樣愛你，我們還是有嫉妒的關係，也摻雜著金錢的問題。」

「沒錯，我和她搭配得很妙，不知為什麼，和她在一起就覺得快樂。」

聽到他們的對話，我該怎麼辦才好？

楓像是可愛的小孩般奇妙而純粹。

我紅著臉，忍住淚水。

別再做這種行為吧，貼著牆壁偷聽情事，這樣慘澹骯髒的行為。楓完全了解我，即使有會錯意的時候，要緊的地方我們還是心意相通。這個夜空下存在著兩個心情完全相同的生命。儘管話說得刺耳，片岡先生畢竟能夠清楚地判斷我只是喜歡楓而已。

可是，我為什麼像好色的歐巴桑傭人般耳朵貼著牆壁呢？因為是女人嗎？可恥……一切的一切只因為我無法好好表達我真正的想法。

我輕輕挪開耳朵，躡手躡腳地上床。我心中湧出平靜的自信。我不能離開那個人，為了我的工作。

我們永遠像暑假中的小孩就好。

在光之中盡情遊戲，等到肉體衰老死去就好。

我在床上，心情清淨地閉上眼睛。

可是那兩個人的傻話爭執沒完沒了。不久，話題離開我，談到無謂的瑣事、生活方式和以前當助理時累積的怨言。

因為實在太吵，我終於端茶去敲他們房間的門。

「夠了吧！吵得我睡不著，明天要早起哩！還有，我一點也不喜歡楓！這個自我意識過剩的傢伙！」

說完，把茶重重放在桌上，兩個人總算安靜睡了。一定是茶的效力，讓他們的心平靜下來。

「欸，妳祖母為什麼喜歡仙人掌？」

楓突然問。

第二天早上，片岡先生只喝了紅茶便大步離開。接待了三個客人，也吃過了午餐。午餐是附近麵包店買來的可口英國麵包，我停下煮咖啡的手說：

「說來話長哩！」

「沒關係。」

「我們山中小屋的廚房窗邊，有一棵好大的仙人掌。種類是龍神木，有我肩膀這麼高。祖母只有在特別的時候，才會切點那棵仙人掌的葉片或採集它的香氣來製茶。有一天，我問了你剛才的問題，為什麼那棵仙人掌對奶奶來說很特別呢？」

「唔，我現在可以看見那棵仙人掌了，窗玻璃有點髒，像是毛玻璃，那裡有燦爛的陽光，旁邊曬著有點髒的衣服。」

楓閉著眼睛說。

「雖然聽起來不太舒服，可是你說中了，就原諒你吧。那地方一直曬著衣服，因為日照很好。……因為祖父太愛它了，祖母還很吃醋。她以前並不那麼喜歡仙人掌，那棵仙人掌原本放在祖父書房裡。直到祖父過世前，祖母都沒察覺自己深深愛著祖父，這也是因為祖父喜歡都市，祖母卻在山裡長大，總想回到山裡。因此當祖父剛死時，祖母還在想，啊！這下可以回山裡了。」

「好過份！」

「不過，她真的這麼想。她總是津津樂道山裡生活的事物。對祖母來說，住在都市就像是只能在大海生存的鯨魚養在小水槽裡。可是祖父死後過了七七四十九天時，祖母整個人突然像洩了氣般窩在床上，不吃不睡，彷彿就要衰弱而死。祖母真的有這樣的特質，當她決定要怎樣後，身體就會跟著怎麼樣。她每天每天地懊悔哀嘆，和祖父在一起的快樂日子已經結束了。她喜歡讓祖父的形影風貌留在家裡不動，所以盡量不要攪亂空氣，她就真的不動不吃，一心想死。祖母在山上賣茶以前，就常有人找她傾訴痛苦煩惱，她總是阻止別人自殺，因此她覺得自己也絕對不能自殺，只能慢慢地接近死亡。可是，就在那個午夜……」

「我知道了！仙人掌跟她說話。」

「正精采的時後不要亂猜啦！」

「對不起、對不起。」

「我已經沒心情說了，如果想知道，你來說吧！」
「妳說什麼呀！我根本不知道。」
「那我就繼續說囉，不要亂插嘴！」
「知道啦！」
「祖母半夜醒來……」
「這裡怎麼變成女人的口氣了！」
「怎麼？你是故意找碴嗎？再不閉嘴我……」
「好啦、好啦、妳繼續吧，我想聽。」
「聽起來是有點好笑，不過有個全身綠色、發出綠光的綠人站在祖母枕邊。」
「欸。」
「他把手放在祖母肩上，祖母心想終於來接我了，於是坦然平靜地問『能去到和爺爺在一起的地方嗎？』」
「妳沒有誇張吧？那不像妳祖母啊？」

「或許吧，我只是想把氣氛弄成童話調調，實際上她好像是說『你要帶我去哪裡？』」

「感覺不是完全不同嗎？」

「可是在祖母心裡，這兩個完全一樣。」

「我了解。」

「雖然綠人沒有眼睛，卻一直凝視祖母，非常溫柔地凝視，然後突然消失在祖父的書房裡。」

「嗯。」

說到這裡，個性溫柔的楓快要哭出來了。我感覺像在說故事給自己可愛的孩子聽。那故事我聽祖母說過好幾次，在我心裡感覺那就是標準的童話。

「祖母穿著好幾天沒換的髒睡衣，光著腳，憔悴地走進祖父的書房。黑暗中有祖父的味道，祖母淚眼朦朧地打開電燈，嚇一大跳，龍神木竟然開了好多花。十五年來它不曾開過花，現在卻開了三、四朵和祖母臉龐一樣大的雪白花朵，燈光清楚照見雪白的花蕊，有股清香的味道，祖母突然有精神了，她決定活下去，立刻煮了蒟蒻麵來吃。從此精神大振，直到現在。」

「為什麼要吃蒟蒻麵？」

「因為祖父喜歡吃，神龕上也供著。」

「原來是這樣，就是那個時候和仙人掌聯繫上的。」

「植物一旦和人聯繫上，就永遠不會背叛，和人類不同。」

「我想它是為安慰祖母而開的花。」

「大概吧，竟然有這種事，或許是祖父拜託的。」

「好像很多事物彼此都有聯繫，解讀這個問題是我的工作，可是……」

「那棵龍神木還在我那裡，是祖母分的株，放在我那裡，祖母帶去的那株種在馬爾他島，長得很好。」

「是嗎？」

楓那時稍微沉默。

然後，露出奇妙的表情。那是他看不到想看的東西感到焦急時的表情。他稍微搖搖頭，那是他感受到某個看不見的事物時的毛病。

「什麼事？」我問。

「我剛才感受到東西，可是我不知道是什麼……不過，我對仙人掌很有興趣，明天把妳最珍愛的仙人掌帶來暫時借我一下好嗎？我很有興趣，不知道能不能了解仙人掌說的話。雖然去買一棵回來，建立我和它之間的聯繫也可以，但我覺得如果是妳的仙人掌，應該不會對我關閉心靈的。」

「當然，我很樂意。」

我說，光是想到讓我最珍愛的仙人掌和楓見面，我就高興得心都發光了。

「可是，你就快要起程了，不要緊嗎？又要開始這種新工作。」

「沒問題。當人想做一件事情的時候就是有時間的時候，如果不這樣，就成了時間的奴隸。有的事情在你想做的時候若不趕快出手，就永遠也做不到了……」

我不知道為什麼，彷彿仙人掌認為現在和我交流也不錯。這是在客廳時突然感受到的，那種時刻很不可思議，總是自然而然地來臨。時間真是了不起，伸縮自如、自由自在……雖然人的心也很厲害，不過……當新的嘗試浮現時，像解謎般明白許多許多事情時，我都會感覺自己活著，就像妳在山裡仰望星空時一樣。」

楓笑得好燦爛。

那份笑容的溫暖彷彿跨越窗戶融入院子的金色陽光裡。他的笑容殘影鑲上金邊，強而有力地留存在我心裡。

第二天早上，我在晨曦照射的冰冷房間窗邊挑選仙人掌。

我不知道為什麼要那樣認真地精心挑選。這棵叫雫石的仙人掌很寶貴，真一郎栽培的那棵白毛叢生像白鬍子老爺爺叫做「翁」的也很重要，我當然想讓楓看看祖母分枝給我的龍神木，我第一次摘取做茶的姥玉也很重要，龍舌蘭也珍貴，我專心思考了一個多小時。

我想起山上。夜晚的空氣混著植物的味道時，我總是會懷念起那座山。仰望天空，星星稀疏，沒有那種濃密的感覺。絕對感覺不到生命和生命在山的幽闇中蠕動交纏的那種鮮烈，比任何一對男女的肉慾還要濃厚如蜜的生命力，在都市裡被淡化了，變成糖水一般。可是，光是聞到那糖水的味道，那種水泠泠的神祕氣勢便甦醒過來。因為我是在那裡面似游似溺般長大的。

那個時候，聽到隔壁不斷的吵架聲音。我決定隔天休假，去房地產公司找新房子。

隔壁陽台照舊堆滿腥臭的髒東西，要說那是生活的味道，不如說是任憑風吹雨淋的邋遢廢物，被那味道薰嗆的植物好可憐。種在交界處的那株巨大蘆薈，自從隔壁的人搬來後，突然長得好大，刺也變粗了。它一定感到痛苦吧。

而且，隔壁的人說曬不到太陽，逕自砍掉院子那棵小柿子樹。房東不想惹事，只好默默接受，可是我很愛那棵柿子樹，哭了好久。為什麼要砍掉比自己還長壽的樹呢？被砍掉的樹不會恨他們，因為它會變成別的樹在別的地方開花結果，織出永遠的生命。但是對砍的人來說，沒有一點說服或請託就奪走別人生命的行為陰影，會永久攀附在他的生命中不會消失。即使本人沒有意識到，也不會消失。因為那是生命的法則。

那晚，我知道這種不悅的感受還會持續一陣子，因此熱心地挑選要借給楓的仙人掌。

仙人掌都很美，發出溫柔的光彩。我看著並排在光彩中飽含水分、晶瑩光亮的仙人掌，不由得哭了起來。我像對人說話似的對它們說，謝謝你們過去一直陪伴著我。這一刻，我確實覺得生命在這裡相會交流。

「帶這麼多來！」

楓很訝異。

「不過，我預想到了。」

「唉，怎麼也選不出來！」

我笑著說。

天亮後，我到居酒屋借來推車，把十二缽仙人掌大老遠送到楓的家裡。我幾乎是徹夜思考。仙人掌擠在推車上，鮮嫩晶瑩地在上午的陽光中散發光彩。

「都是因為妳，我家突然變成仙人掌園了。」

楓笑了，他穿著睡衣，笑咪咪地揮著手。

「今天就和它們交流來度過吧，希望是個好假日！」

「對不起，帶這麼多來，祝你有個好假日！」

我笑著走出玄關。

這時的幸福景象我一定會長留心中。

在那即將結束的普通日常風景中，有像花朵輕綻般的淡淡哀愁。我們滿面笑容地揮手作別。楓的睡衣鈕釦反射早晨透明眩目的光，在牆上映出花朵模樣。

我去還推車，順便和老闆夫婦一起吃午飯。我看著電視，悠閒地吃著他們請我的餃子。然後把我買來做謝禮的蛋糕切成三份吃了，每個人都好飽。

這是正確的假日過法。

接著去房地產公司。是火車站前那家很大的房地產公司。我開出要有大陽台或是院子的條件，看了很多房子。因為我太熱心，售屋的歐吉桑也漸漸被我帶動得熱心起來，篩選了十幾間，一個個打電話去問，並且陪我去看了其中六間。

模擬住了各種房間後，兩個人的腦筋變得有些怪怪的。每一個房間都欠缺進住的決定性要素。

「電視放這裡，衣櫥呢？」

「這裡放得下我的洗衣機嗎？洗好的衣服曬在哪裡？這個窗戶向北呀。」

「這麼小的鞋櫃不要也罷。」

在不同的房間裡這樣對話後，感覺好像要和那個歐吉桑一起住似的，我說出我的感覺後，歐吉桑笑著說：

「我確實做了個美夢，在找要和年輕小姐一起住的房子，今天真的很愉快。」

他說若有適合的房子會立刻通知我。於是我拿了幾張設計圖，離開房地產公司。

已經黃昏了，薄暮漸掩，冷冷的夜悄然來臨。

因為太想立刻搬家，本想說今天決定後就打電話給房東，可是沒找到房子，我覺得很掃興。

悠閒地走在路上，想買晚餐的小菜，剛走進超市，真一郎就打電話來。手機螢幕秀出「真一郎」幾個字，我感覺好幸福，就像在幽黑夜路上看到家裡的燈光時一樣。我想起真一郎的睡臉和鼾聲，好想快點見到他。想觸摸他的身體，想聽見他的聲音，想把臉埋在他懷裡聞他的沉穩味道。

我想，那是因為他不曾對我大聲吼叫、或給我臉色看的關係。他的形像總是像初見時那樣襯著淡淡夕陽和植物綠蔭，那麼的柔和。

「你好不好？今天想搬家，看了好多房子。」

「是嗎？我總覺得今天的仙人掌好像很落寞，有一點悲傷的感覺，又像是焦慮不安，所以掛念妳，打電話問問看。」

看起來真像是兩個頭腦奇怪的人的對話，但是當事人非常認真地活在這樣的世界裡，他們心靈相通，互相依靠以遠離煩囂的社會，對他們來說，這樣的對話是認真的。

「是這樣嗎？」

「嗯，感覺悶悶的，想聽見妳的聲音，就打電話了。」

「說不定是找房子累了的關係，也沒結果。」

「是嗎？那麼想搬家，卻找不到房子，是會焦急的。」

「嗯，不過，我精神很好，因為領薪水了，有點寬裕，又可以去看你了。」

「謝謝，再挑日子吧。妳現在在外面嗎？」

「嗯，聽得到聲音嗎？」

「聽得見，車聲還有什麼的。」

和他說話時總覺得話語和話語之間有清香的味道。好像兩個人之間輕輕夾著什麼柔軟蓬鬆的小東西，不敢把它弄破。

「那，我查一下日曆再說。」

「晚上給你電話。」

說完，掛掉電話。

那時，我已經感到有點不對勁。

我怎麼也想像不出晚上在房間裡和真一郎說電話的樣子。為什麼想像不出我坐在那房間的床上的樣子，我不知道。我就是想像不出那個畫面。咦？不知何時，無所依託的寂寞夜晚的味道沁滿我心。在聽過我最喜歡的人的聲音後，不該會這樣啊！

家裡的仙人掌也是這樣寂寞、緊張嗎？我一步一步走回家。

夜就要降臨的時刻，我正要繞過公寓前面的轉角。前面傳來怪怪的味道。是很多東西燒焦的味道。不祥的感覺和那個味道漸漸充塞我的胸腔。

我聽到嘈雜的喧鬧聲，也看見映在牆上的各種光線。我才想著好奇怪，和平常的樣子不一樣，一繞過轉角，我愣在那裡。

公寓不見了。

我看見消防車、警車、消防隊員、警察還有房東。聚集的人群正要散去。整棟建築留下奇異的框架和部分房間，像一座焦黑的古怪裝置。各種污黑骯髒扭曲的東西散落一地。

啊！我的仙人掌、我的兄弟姊妹！

我踉蹌地走到我房間的位置，跪在地上。悽慘焦黑的東西、搶救出來沾滿煙塵的東西、只剩下一半的東西……，對本來就沒有財產的我來說，其他東西怎麼樣都無所謂。我撿起一棵棵仙人掌，確認它們的生死，模糊地聽到房東太太在後面說：「她確實是住在這屋裡的人，讓她一個人靜一靜。」我把僅餘的一點燒剩的東西收集到一處。

我搖搖晃晃地站起來。沒有房子的那塊土地空盪盪的非常遼闊，天空看起來也變大了。我半哭泣地抱緊房東太太。

「好可怕啊。」

「是啊，妳隔壁那對夫妻……好像是老婆殺了老公，再放火燒屍體。她像是吃了藥，剛才被帶去警察局了，語無倫次地不知道在說些什麼，真是沒辦法。」

「真是……要燒的話就去鎮外燒嘛……」

「保險的事情弄清楚後我再通知妳。」

聽到公寓的其他住戶都平安無事，我就放心了，因為這陣子公寓裡有剛出生的嬰兒，還有幾位老人家。我為自己只想到仙人掌感到丟臉，好不容易平靜下來後，恢復到可以和人交談的狀態。

出乎意料地，這時候的閒聊和平常無異。

陸續聚集而來的住戶太過震驚，不由得輕鬆地聊起來。可是一直聊也不是辦法，大家又各自打電話，盤算今晚的安頓處。

大家都討厭的人死了雖然可憐，但是和我的仙人掌死了比起來哪一個比較重要，老實說我不知道。仙人掌和蘆薈曾捨身治療很多人的病，可是那對夫妻卻只是散播毒素。我連聞到那男人燒焦的味道都不舒服。

我這麼想，定睛凝望，看見他們房間的地方站著黑色的人影，半透明地、有時變成灰色，在那裡徘徊。

我不覺得奇怪，也不害怕，只是覺得可憐。

我為他那被自己伴侶殺死還燒掉的人生感到可憐，甚於對他的憎恨。而且，死了以後還發散出奇怪的味道。我嘀咕著「死了更臭」。雖然是不相干的人，但仍是個可憐的人生。何況，就連在死亡這個可以做個改變的最大機會時還造成別人的麻煩。目睹這世上有這麼多這樣無可救藥的事情，我很訝異。

「但願你能好好往生，如果還能投胎為人，但願你有個稍微幸福的人生，討厭的人的靈魂喲，安息吧！還有，我的兄弟姊妹的靈魂喲，請給那個討厭的人一點安慰！雖然你們貢獻了很多，可以像爺爺的仙人掌一樣長命百歲，可惜不能讓你們得全天壽，真的很抱歉。」

我祈禱，讓那個地方的空氣變乾淨吧！

結果，真的吹來一陣帶著山裡植物清新味道的風，輕輕安撫還在那邊嘈雜的人們。那個影子還在那裡，但停止了讓人不舒服的蠕動。

在都市裡還是有大自然的力量……我想，即使頹喪消沉也無濟於事。我失去了一切，雖然傷心，但是比起今晚不知落腳何處的那些家族，還算好的了。保險部分多少可以獲得一些理賠，而且正好今天是去不動產公司，所以錢包、金融卡、印鑑等都帶在身上，還有一些仙人掌也……。

啊！對了，我特別鍾愛的仙人掌都還活著。這一瞬間，還健康地存在在楓的客廳裡。

我那時才知道為什麼楓叫我今天把仙人掌拿過去。

是因為這件事嗎？

我驚愕於楓的才能，和老天的安排，打從心底感謝。那時，我彷彿聽到楓的聲音。

「喂，雫石！」

別傻了，夜晚沒人陪伴絕對不出門的楓不可能在這裡。

我這麼想著，回頭一看，戴著太陽眼鏡拄著枴杖的楓站在那裡。在屋子裡顯得挺拔的他一到外面，看起來有點手足無措地縮小了。即使如此，那時候的我是多麼依賴那個肩膀啊。

「楓，很糟糕呢。」

我的聲音發抖，但沒有哭。因為哭的話就看不清楚楓的身影了。會錯過這個或許可以說是我生命中最美麗的一個場景。我緊咬嘴唇。

「好了，我們走吧，東西收好沒有？」

「嗯，你等等，我馬上拿來。」

我把剩下的仙人掌、沒燒到的皮包和一些東西收到一起，利用微暗的街燈光線重新打包。楓問我電話號碼，說要跟房東聯絡。楓告訴房東「她暫時安頓在我家」，爽快說出他家的電話號碼時，我終於落淚了。

離開深山故里搬到這個小鎮沒有多久，可是我不再是孤獨一人。

「我聞到了屍體味道，而且那個人還在那裡。」

我說。楓拿起我的行李。

「我看見了，我也知道。好啦，走吧，因為片岡還在家裡做飯等我們哩。」

「仙人掌的事情，謝謝你。」

「我無法看到全部的未來，抱歉，我沒幫上什麼大忙，真的很窩囊。」

「你怎麼會來這裡？」

「我只是覺得非來不可。我的能力在緊要關頭時完全派不上用場，我不知道有火災，我要反省。」

夕照的陰影中，楓的臉色陰暗，表情也陰暗，好像挨罵的小孩。

「可是，真的謝謝你，幫我留下最重要的……」

「走吧，臉都燻黑了，我要拿行李，妳來帶路。」

說著，摟著我的肩膀。

「走吧，離開這裡。」

我的臉像貼在楓的胸口，邁開步伐。雖然來接我的是眼睛看不見的人，但他比任何人都值得依賴。楓的胸口溫暖，有他常用的香水味，還有毛衣那令人懷念的毛線味。因為貼著楓的心臟，我的心也漸漸平靜下來。

匆匆趕到的居酒屋老闆，看到房子被燒掉了，雖然感到衝擊，但是看到我那樣子還是比出一個V形手勢。

老闆，這不是比勝利手勢的時候呀！

我淚中帶笑，做個打電話的手勢。

「好慘吶，隨時可以來吃飯哦！」

老闆大聲跟我說。

看到鬼魂後，憎恨也消失了。

我想，下山來還是好的，如果沒有下山就不會遇見這些人，也不會受到他們溫情的暖暖包覆。

啊呀，讓片岡先生做飯，不知他會怎麼數落我呢？我做好心理準備，像煤煙燻得一身污黑的孤兒走進玄關，裹上楓拿給我的毯子，搖搖晃晃地坐在客廳沙發上。

我彷彿聽到「在這裡！」的聲音，抬頭一看，我最珍愛的仙人掌們整齊地排在客廳窗邊。我就因為這樣而哭了。太好了！我們又見面了！那時，我才驚覺失去的東西太多太多。祖母從馬爾他島寄來的乾燥仙人掌、留存祖母所有郵件的小電腦、山上拍的照片、小時候的日記……除了在這裡的仙人掌，全都失去了。

不過，我最喜歡的仙人掌都舒適地映在夜晚的窗玻璃上晶瑩發光。

「欸，妳！」

穿著圍裙的片岡先生走進來，我嚇一跳。

「真是糟糕！」

說著，片岡先生真的表情憂慮地走過來，撫摸我滿是煙塵的頭。突然被那隻大手溫暖且意外的溫柔一摸，我終於放聲大哭。啊，他果然是從事教誨引導人們職業的人，是幫助人們的人。

「好啦好啦，妳也沒有錯，只是運氣壞而已。這麼髒……好可憐。」

片岡先生像懷抱嬰兒般抱緊污黑骯髒的我。

「保險的事情都可以找我商量，妳現在好臭，先去洗個澡，洗好後吃我做的披薩，趁著烤得熱呼呼的時候。」

我貼著片岡先生的胸部聽見他的聲音，帶著溫暖的迴響。

我哭著點頭。

洗過熱水澡後，我比自己想像得還要輕爽舒適。起士融化的披薩好吃得像滲進餓扁的肚子裡，我吃了很多。我還處在驚嚇之中，腦筋空空的只是不停地說好吃、謝謝。我知道紅酒紓解了我腦筋的疲勞。只喝了一點點就滿臉通紅，讓他們好擔心。我漸漸放鬆下來。

本來就很少的家當更少了，平常一直在意的隔壁家問題也不知不覺解決了，雖然是最壞的解決方法，但無論如何就是解決了。

我懊惱的是仙人掌的事情，和我雖有直覺卻沒有行動。

我想，我還需要更多的修煉，我猜楓看到這樣的結果也一定這麼認為。那是不管旁人怎麼說，我們各自心裡都已設定的標準，沒辦法。我們只能過著為了向上飛而更努力的日子。

畢竟不能還要片岡先生收拾飯後，於是我去洗盤子。我完全平靜了下來，輕輕哼著歌曲。楓跟在後面。

「雫石，妳就住在這裡管理這棟屋子吧，大概要一年，妳平常睡的那個房間租給妳。」

「怎麼行……我付房租。」

「不用，妳幫我管理房子嘛，我和片岡先生談過了。」楓說。

「他不是很討厭我嗎？」

「不會，他對弱小的人都很仁慈。妳不要聞我留下的衣服或偷看我的日記就好。」

「我不會做那種事啦，如果要收留我，我不會在自己房間以外的地方生活，我會每天打掃、整理郵件、接電話，不會聞你的味道。」

「這樣不就好啦？」

楓說。

「妳看起來有些精神了，很好。」

「洗完熱水澡覺得好舒暢。」

「仙人掌的事情，我很遺憾。」

「可是也託你的福，留下很多，最重要的是同一屋簷下的小嬰兒和老爺爺都沒死。」

我說。

人燒死的味道和那對夫妻的臭味這一輩子都會烙在我的鼻腔裡吧？明白了原來不懂的事情，就是成長嗎？

「你不在時我會好好管理這裡，也會付房租，拜託，讓我留在這裡，明天我再好好跟片岡先生說。」

我說。

「嗯，有妳在，我也能安心地離開。」

楓笑著走出房間。

創造從前的我的那些東西，除了美麗的回憶，幾乎都化成灰燼。下山以後的人生某一章節完全結束了。我熟悉、親暱的那個房間也不在這個世上了。我再也無法待在那房間裡，坐在從山裡帶來的美麗坐墊上，越過蘆薈葉子眺望的那片天空了。

我要從一無所有的地方從新做起，幸好健康的身體還留在這裡。

我想，我的第二人生從今天正式開始，在輕柔安適的氣氛中昏昏欲睡。

我要打電話給真一郎，告訴他這一切，嚇嚇他，他一定會非常驚訝。我要用他的驚嚇代替搖籃曲哄我入睡。今天已經累了。

明天醒來時，在晨曦中開始新的一章。

藍小說 849

王國 vol.1 仙女座高台（紀念新版）

作者—吉本芭娜娜
譯者—陳寶蓮
編輯—黃子萍
封面圖像—霧室
內頁排版—芯澤有限公司

總編輯—嘉世強
董事長—趙政岷
出版者—時報文化出版企業股份有限公司
108019臺北市和平西路三段二四〇號三樓
發行專線—（〇二）二三〇六六八四二
讀者服務專線—〇八〇〇二三一七〇五・（〇二）二三〇四七一〇三
讀者服務傳真—（〇二）二三〇四六八五八
郵撥—一九三四四七二四時報文化出版公司
信箱—（一〇八九九）臺北華江橋郵局第九九信箱
時報悅讀網—http://www.readingtimes.com.tw
電子郵件信箱—liter@readingtimes.com.tw
法律顧問—理律法律事務所　陳長文律師、李念祖律師
印刷—勁達印刷有限公司
二版一刷—二〇二三年十二月二十二日
定價—新臺幣二八〇元
（缺頁或破損的書，請寄回更換）

時報文化出版公司成立於一九七五年，
並於一九九九年股票上櫃公開發行，於二〇〇八年脫離中時集團非屬旺中，
以「尊重智慧與創意的文化事業」為信念。

王國 vol.1 仙女座高台 / 吉本芭娜娜作；陳寶蓮譯. -- 二版. -- 臺北市
: 時報文化出版企業股份有限公司, 2023.12
面；　公分. --（藍小說；849）

ISBN 978-626-374-642-8（平裝）

861.57　　　　112019418

ISBN 978-626-374-642-8
Printed in Taiwan